小学生成长必读系列【第三辑】

小学生 学会立志 的100个故事

主编：高长梅

九州出版社 JIUZHOUPRESS | 全国百佳图书出版单位

图书在版编目(CIP)数据

小学生学会立志的100个故事 / 高长梅主编. – 北京：九州出版社，2010.2（2021.7重印）

（“读·品·悟”小学生成长必读系列. 第3辑）

ISBN 978-7-5108-0242-3

Ⅰ.①小… Ⅱ.①高… Ⅲ.①故事—作品集—世界 Ⅳ.①I14

中国版本图书馆CIP数据核字(2010)第014910号

小学生学会立志的100个故事

作　　者　高长梅　主编
出版发行　九州出版社
地　　址　北京市西城区阜外大街甲35号(100037)
发行电话　(010) 68992190/3/5/6
网　　址　www.jiuzhoupress.com
电子信箱　jiuzhou@jiuzhoupress.com
印　　刷　北京一鑫印务有限责任公司
开　　本　720毫米 × 1000毫米　16开
印　　张　9.5
字　　数　125千字
版　　次　2010年3月第1版
印　　次　2021年7月第9次印刷
书　　号　ISBN 978-7-5108-0242-3
定　　价　29.80元

Contents

目录

1 谁也阻止不了你去梦想

梦想对一个人来说相当于汽油对汽车一样。在世界上任何一个国家，任何一种政权下，谁都不能阻碍你去梦想，梦想是一种难以置信的力量。即使你被关在一个很小的囚室里，什么都不能做，但是谁也不能阻止你去梦想。

2 忘掉你的龅牙

有位女孩有一副美丽动听的歌喉，却偏偏长着一口龅牙。有一次，她去参加歌唱比赛。在台上，她只顾掩饰自己难看的牙齿，没有展露出她的歌喉。有位评委认为她很有唱歌的天赋，对她说："你肯定会成功，

目录

但必须忘掉你的牙齿。”后来，她慢慢走出了龅牙的阴影，成为美国的一位著名的歌唱家，歌迷们还说她的龅牙很漂亮。

不管在什么时候都应相信自己，当自信充盈心中时，龅牙也会变得那么可爱。

3 做一只优秀的兔子

每个人都有自己的天赋，比如，老虎有锋利的牙齿，兔子有高超的奔跑力、弹跳力，所以它们能在大自然中生存下来。人们都希望成为老虎，但其中有很多人只能是兔子。我们为什么放着同样很优秀的兔子不当，而一定要当老虎呢？

目录

4 那把美丽的雨伞

理想与现实是存在着差距的。光想不做，理想终究是一句空话；瞻前顾后，前怕狼后怕虎，梦想即使近在咫尺，你也无缘实现。

行动缺席的梦想只能带给我们遗憾。从现在开始，不要借口，立即行动！

5 长成一颗珍珠

很久以前，有个养蚌人想培养一颗世界上最大最美的珍珠。他去海边挑选沙粒。因为从沙粒变成珍珠就意味着只能长期与黑暗、潮湿、寒冷、孤寂为伍，所以从早到晚，养蚌人也没有找到一颗愿意变成珍珠的沙粒。就在他几乎绝望的时刻，有一颗沙粒答应了他。斗转星移，几年以后，那颗沙粒长成了一颗晶莹剔透、价值连城的珍珠。而它的那些伙伴们，却依然只是一堆沙粒。

目录

6 还有一个苹果

一位独自穿行大漠的旅行者在沙暴中迷失了方向，干粮包也不见了，只剩下衣服口袋里一个小小的青苹果。他攥着那个苹果，深一脚浅一脚地在大漠里寻找着出路。每当自己快要支撑不住的时候，他都对自己说：“我还有一个苹果，我还有一个苹果……”三天后，他终于走出了大漠。可那个青苹果他始终未曾咬过一口。

在生命的旅途中，我们常常会遭遇各种挫折和失败。这时，不要轻言放弃，只要心头的信念不灭，握紧那个“青苹果”，就没有穿不过的风雨、涉不过的坎坷。

7 成功的基石

这位一贫如洗、地位卑微的年轻人在25岁时通过竞选当选为议会议员。1860年5月,51岁的他参加总统竞选,在竞选大会上,“拥护者亚伯,拥护劈栅栏木条候选人”的呼声终日不息,最终他击败了对手,成为美国第16届总统。他便是被马克思誉为“全世界的一位英雄”的亚伯拉罕·林肯。应该说,除了他的不屈不挠、坚持不懈、一往无前的奋斗精神外,同情弱者、无私善良的崇高美德,为他奠定了成功的基石。

没有梦想的人生毫无生气可言，没有梦想的人只会面目可憎，乏善可陈。没有人能阻止梦想的礼花绽放在灵魂的上空。

第1辑 谁也阻止不了你去梦想

梦想对一个人来说相当于汽油对汽车一样。在世界上任何一个国家，任何一种政权下，谁都不能阻碍你去梦想，梦想是一种难以置信的力量。即使你被关在一个很小的囚室里，什么都不能做，但是谁也不能阻止你去梦想。

有梦才有远方

文 罗 西

太阳总在有梦的地方升起，月亮也总在有梦的地方皎洁。梦是永恒的微笑，使你的心灵永远充满激情，使你的双眼永远澄澈明亮。

雪野莽莽，你知道一棵小草的梦吗？寒冷孤寂中，它怀抱一个信念取暖，等到春归大地时，它就会以两片绿叶问候春天，而那两片绿叶，就是曾经在雪地里轻轻地梦呓。

候鸟南飞，征途迢迢。它的梦呢？在远方，在视野里，那是南方湛蓝的大海。它很累很累，但依然往前奋飞，因为梦又赐给它另一对翅膀。

窗前托腮凝思的少女，你是想做一朵云的诗，还是做一只蝶的画？

风中奔跑的翩翩少年，你是想做一只鹰，与天比高，还是做一条壮阔的长河，为大地抒怀？

我喜欢做梦。梦让我看到窗外的阳光，梦让我看到天边的彩霞；梦给我不变的召唤，梦引领我去追逐一个又一个的目标。

1952年，一个叫查克·贝瑞的美国青年，做了这样一个梦：超过贝多芬！并且他把这个消息告诉了柴可夫斯基。

多年以后，他成功了，他成为摇滚音乐的奠基人之一。梦赋予他豪迈的宣言，梦也引领他走向光明的大道。梦启发了他的初心，他则用成功证明了梦的真实与壮美——因为有了梦才有梦想；有了梦想，才会有理想；有了理想，才有为理想而奋斗的人生历程。

没有泪水的人，他的眼睛是干涸的。

没有梦的人，他的夜晚是黑暗的。

太阳总在有梦的地方升起，月亮也总在有梦的地方皎洁。梦是永恒的微笑，使你的心灵永远充满激情，使你的双眼永远澄澈明亮。

世界这个万花筒散发着诱人的清香，未来的天空下也传来迷人的歌唱。我们整装待发，用美梦打扮，从实干开始。等到我们抵达秋天的果园，轻轻地擦去夏天留在我们脸上的汗水与灰尘时，我们就可以听得见曾经对春天说过的那句话：美梦成真！

立志锦囊

世界因为有了多彩的梦才有了无穷无尽的希望，因为有了璀璨的花朵才有了果实的芬芳。生活在充满梦想的世界，我们会感受到催人奋进的力量；为了梦想中的未来而不懈努力，我们才能享受到美梦成真的温馨与自豪。

文　王　蕴

你也能当总统

文　刘燕敏

只要不让年轻时的梦想随岁月飘逝，成功总有一天会出现在你的面前。

有个叫布罗迪的英国教师，在整理阁楼上的旧物时，发现了一沓

练习册,它们是皮特金幼儿园B(2)班31位孩子的春季作文,题目叫:未来我是——

他本以为,这些东西在德军空袭伦敦时,在学校里被炸飞了。没想到,它们竟安然地躲在自己家里,并且一躺就是50年。

布罗迪顺便翻了几本,很快被孩子们千奇百怪的自我设计迷住了。比如,有个叫彼得的小家伙儿说,未来的他是海军大臣,因为有一次他在海中游泳,喝了3升海水都没被淹死;还有一个说,自己将来必定是法国的总统,因为他能背出25个法国城市的名字,而同班的其他同学最多的也只能背出7个;最让人称奇的,是一个叫戴维的小盲童,他认为,将来他必定是英国的一个内阁大臣,因为在英国还没有一个盲人进入过内阁……

总之,31个孩子都在作文中描绘了自己的未来。有当驯狗师的,有当领航员的,有做王妃的……五花八门,应有尽有。

布罗迪读着这些作文,突然有一种冲动——何不把这些本子重新发到同学们手中,让他们看看现在的自己是否实现了50年前的梦想。

当地一家报纸得知他这一想法,为他发了一则启事。没几天,书信向布罗迪飞来。他们中间有商人、学者及政府官员,更多的是没有身份的人,他们都很想知道儿时的梦想,并且很想得到那本作文簿,布罗迪按地址一一给他们寄去。

一年后,布罗迪身边仅剩下一个作文本没人索要。他想,这个叫戴维的人也许死了。毕竟50年了,50年间是什么事都可能会发生的。

就在布罗迪准备把这个本子送给一家私人收藏馆时,他收到内阁教育大臣布伦克特的一封信。他在信中说,那个叫戴维的就是我,感谢您还为我们保存着儿时的梦想。不过我已经不需要那个本子了,因为从那时起,我的梦想就一直在我的脑子里,我没有一天放弃过;50年过去了,可以说我已经实现了那个梦想。今天,我还想通过这封信告诉我其他的30位同学,只要不让年轻时的梦想随岁月飘逝,成功总有一天会出现在你的面前。

布伦克特的这封信后来被发表在《太阳报》上，因为他作为英国第一位盲人大臣，用自己的行动证明了一个真理：假如谁能把3岁时想当总统的愿望保持50年，那么他现在一定已经是总统了。

立志锦囊

有志者立长志，无志者常立志。拥有梦想并不困难，开启为梦长途跋涉的大门却并非易事。让我们在梦开始的地方一路前行吧，不要为中途的骄阳折服，因为汗水灌溉的果实格外香甜；不要为途中的荆棘缩回手脚，因为泪水能把眼睛洗得灿烂明亮……

文　王　蕴

洛克菲勒和农民

文　胡桂英

原来生活充满两极，刚听到诗人惠特曼鼓励我继续在这通达的大路上走下去，仅仅几分钟，我就为此而遭到红脸农民的训斥。

美国石油大王洛克菲勒年轻的时候，学习成绩很差，他感到困惑，对生活没有明确的目标。有时他会陷入一种幻觉，经常头天晚上失眠一整夜，到天亮时睡两个小时。他就这样在浑浑噩噩中打发着光阴。

有一天，他实在闲得无聊，就到处瞎逛。他漫无目的地乘大巴来到犹他州，在一个农场附近下了车。天黑的时候，他敲响了农场主人家的门，主人热情地招待了他。第二天，他感谢了主人的盛情款待，再次踏上了回纽约的旅程。他沿路徒步走着，期待能有一辆可搭乘的车。终于,后面来了一辆车,开车的正好是昨天帮助过他的那位农民。他坐在那位农民的车上,感到从未有过的知足与得意,他觉得自己和这个世界如此和谐。

车在马路上疾驰,开车的农民突然问洛克菲勒:"你想去哪儿?"洛克菲勒愉快地望着窗外,快速地用他不久前才听到的惠特曼的诗来回答:"我将去我喜欢去的地方,这漫长的道路将带领我去我向往的地方……"那是《通达大路之歌》里面的句子。那个农民看着他,面带惊讶甚至愠怒的表情。然后他谴责地说:"你是想对我说,你甚至没有一个目的地?""我当然有目的地,只是它在不断地改变——是的,几乎每天都在变。"洛克菲勒若有所思地回答。"嘎"的一声,那个农民突然把车停在了路边,命令洛克菲勒下车。他把头探出车窗外,对洛克菲勒说:"游手好闲之徒,你应当找一份正当的职业,落下脚,挣钱过日子。"说着他就把车开走了,留下洛克菲勒一个人站在乡村的土路上。

洛克菲勒望着两端都长得看不到头的土路,几分钟之前的得意洋洋之感荡然无存,他自言自语地说:"原来生活充满两极,刚听到诗人惠特曼鼓励我继续在这通达的大路上走下去,仅仅几分钟,我就为此而遭到红脸农民的训斥。看来,我得时刻准备接受生活中的所有沉浮升降。"

后来,洛克菲勒确定了目标,并取得令世人瞩目的成功。

立志锦囊

成功的人生并非瞬间完成,而是在实现一步步目标的旅途中,脚踏实地,一步一个台阶地走出来的。梦想并非黄金,它更像钻石,每一面都散发着璀璨的光芒,而我们要做的是,确定一个个目标,然后执著地磨出它们的耀眼光辉……确定目标的梦想有非凡的力量。

文 王 蕴

重要的是选准方向

文 崔修建

许多时候，仅有热情和能力是远远不够的，最重要的是要选准成功的方向，只要朝着非常明晰的方向努力，就一定会走出荒漠，找到希望的绿洲。

更好的生活，从选定方向开始。

在浩瀚的撒哈拉沙漠腹地有一个小村庄叫比塞尔，它紧贴在一块仅有1.5平方公里的绿洲旁，要走出这片沙漠，只需大约3昼夜的时间。被贫困的生活条件所迫，村民们曾一次次试图离开那里，但无论向哪个方向走，最后他们却又都一次次地返回了原地。

1926年，英国皇家科学院院士肯·莱文，带着极大的困惑来到了这里。他收起了指南针等设备，雇用了一个比塞尔人，让他带路，想看看他们究竟为什么走不出沙漠。他们准备了足够用半个月的水，牵上两匹骆驼，一前一后上路了。

10天后，他们走了大约800英里的路程，第11天早晨，他们面前出现了熟悉的那小块绿洲，他们竟又回到了比塞尔。

此时，肯·莱文终于明白了——比塞尔人之所以走不出沙漠，是因为他们没有指南针，又不认识北斗星。

要知道，在一望无际的沙漠中凭着感觉前行，一定会走出许多大小不一的圆圈，而比塞尔在方圆上千公里的沙漠中央，没有指南针，他们最后的足迹十有八九会是卷尺的形状——终点又回到了起点。

后来，肯·莱文教比塞尔人认识了北斗星，沿着北斗星指引的方向，只用了3天，就走出了大漠。

其实，现实生活中很多的成功，都像上面这个小故事喻示的那样——许多时候，仅有热情和能力是远远不够的，最重要的是要选准成功的方向，只要朝着非常明晰的方向努力，就一定会走出荒漠，找到希望的绿洲。

立志锦囊

选择了正确的方向，即使莽莽沙漠也不能阻绝人们通向彼岸的步伐；有了正确的航向，浩瀚的大海也无法封杀目标明确的远航……只有认定了前进的方向，才能朝着目标一步步迈进，有了通向成功的指南针和北斗星，才会一点点缩短我们与未来碰杯的距离。

文 黄晶晶

谁也阻止不了你去梦想

文 任欢颜

梦想对一个人来说相当于汽油对汽车一样。在世界上任何一个国家，任何一种政权下，谁都不能阻碍你去梦想，梦想是一种难以置信的力量。

他叫吕克·贝松，法国人。

那一年父母带他去摩洛哥度假，晚饭后沙漠上开来一辆拖拉机，有一条白色带暗花的床单被横空扯起来，用两根树干状的东西挂在沙漠上。忽然，白色床单上竟然出现了人影和音乐，他顺着一束有很多飞虫在跳舞的光望过去，发现它们来自拖拉机里一台神秘的仪器。

“那是放映机，”妈妈说，“我们看的这个叫电影。”

他安静下来，仰着头看电影，那是一部喜剧片，但他并不觉得怎么好笑。看到一半的时候，有只骆驼刚巧经过，因为床单挡住了它的去路，它看样子是打算把床单扯下来。于是很多人就跑去抓骆驼，这一回他笑了，对他来说，“银幕”下的这部喜剧更可乐。

后来他说那是他第一次看“三维电影”，事实上，那也是他第一次看电影，“第一次，我认识到电影是这么有趣的东西”。

那一年，他9岁。

青春期的时候，满脑子的奇异幻想简直令他痛苦，于是他就写下来，并把那些文字自称为“剧本”。大多数剧本的第一读者都是那只黑色的垃圾桶。可是，那发生在23世纪的《第五元素》就是他16岁那年写的，这部影片在他40岁那年被搬上银幕，在全球获得两亿美元的票房成绩。

20岁的时候，他已经写了30个剧本，因为想象力太过丰富，更因为无事可做。他的法语拼写实在不怎么样，所以不太敢把这些剧本拿出来给人看，那些令日后的人们惊喜的奇思妙想就这样成为他青春期里的秘密。不过他也有这个年龄的孩子特有的狡黠，去找班上法语成绩第一的女孩帮他纠正错误和打印剧本——因为他发现“她有点喜欢我”。可事实上她有点丑，他并不想和她在一起，但又必须有人纠正他的错误……很多年以后，他评价说：“你看，艺术家的生活就是这样。”

就在20岁那年，他去报考一所电影学院。第一关面试，考官让他说出他最喜欢的导演，他就说了几个名字，可还没等他说完，就被制止了，对方告诉他，他根本不适合这里。而15年后，已名满天下的他被这所电影学院请去教书，他说“我教的东西不适合你们”。是的，这个大导演还有点记仇。

他确实不打算原谅他们。20岁，他那么年轻，浑身上下充满不可思议的力量，他刚刚确定自己一生的梦想就是“电影”，可是，他们却说他不适合。

这个“不适合”的年轻人此后摸爬滚打于好莱坞的电影圈。他从最底层的小工做起，4年之后他成立了自己的电影公司——“皇太子影片公司”。之后，他拍摄了9部影片，《碧海情》、《尼基塔》、《这个杀手不太冷》、《第五元素》……部部经典，成为世界上最牛的导演之一。

2006年12月，他的第10部电影在法国上映，而48岁的他就在此时宣布：这之后，他将放弃电影，投身于慈善事业，去帮助那些有梦想的年轻人。

“梦想对一个人来说相当于汽油对汽车一样。在世界上任何一个国家，任何一种政权下，谁都不能阻碍你去梦想，梦想是一种难以置信的力量。即使你被关在一个很小的囚室里，什么都不能做，但是谁也不能阻止你去梦想。”是的，谁也阻止不了，而他更要帮助那些有梦想的年轻人去实现梦想，因为他们就是曾经的自己。

电影的本质不就是梦吗？48岁的吕克·贝松在他的美梦成真之时，要让更年轻的人去做梦，这是他对电影最虔敬的理解，更是他对梦最深邃的感悟。

立志锦囊

对于一个人来说，就像汽车不能拒绝汽油，风帆不能少了风，电脑无法脱离电一样，人不能没有梦想描绘的那番天地。没有梦想的人生毫无生气可言，没有梦想的人只会面目可憎，乏善可陈。没有人能阻止梦想的礼花绽放在灵魂的上空。

文 黄晶晶

彼 德

文 （新加坡）尤 今

我觉得人生就像是一条长长的路，当你达成某个目标时，你就必须不断地超越目前的境况，去挑战新的目标。有梦想的人生，才算是有意义的人生。

彼德，原名罗宗华，出生于四川资阳，家里务农，自小便帮父母干农活。他家日做夜做，却依然还是村里最大的穷户。

彼德说："我们每年都要到邻居家去借粮。我和妹妹没鞋穿，整个夏天都光着脚丫，衣服上永远缀满补丁，更糟的是，时时必须向人借钱交学费。由于家里实在困难，我读到初一便辍学了。"

他很想脱离贫穷的困境，于是咬紧牙根去学编竹筐。终于，他如愿以偿地成了个小篾匠。收入大大地增加了，全家人就都加入到编竹筐的队伍里。

"编好的竹筐送去卖，卖光了，就得走一段长长的山路，买竹子回来继续编。"彼德回忆道，"竹子很长，山路很弯，扛着竹子走，十分吃力，一不小心失去平衡，便会连人带竹子摔进山沟里，跌得头破血流！"

编竹筐太辛苦了，他不想一辈子当篾匠，于是16岁的他，决定离开农村，到城里去谋生。

那一年，是1996年。彼德这个土里土气的小伙子，站在位于成都九眼桥的劳务市场，满怀憧憬地等人来雇。他的第一份工作是到一家小餐馆洗碗，从早上7点开始把手浸在洗碗水里，一直做到夜里12点才休息,十分辛苦。

1997年,他转换到一家西餐馆去当厨工,改变他整个人生的关键人物出现了,她就是玛丽。玛丽是美国人,一连几天光顾彼德任职的这家西餐馆,但却觉得食物很不地道,有感于旅居成都的洋人越来越多,心地宽厚的她,向西餐馆老板毛遂自荐,表示可以给厨师和员工进行免费的厨艺训练。彼德抢先报了名,和餐馆另外两位厨师一起每天上玛丽家学习。

彼德学做的第一道西式点心是苹果派,他从学做苹果派中得到的最大心得就是:“凡事都得认真,丝毫马虎不得。”由原料的选择到烘焙的温度,都得小心应付,一招不慎,全盘皆输。玛丽授课极有耐心,她总是先示范一次,才让学员学做一次,然后,大家一起开开心心地品尝烹饪的成果,再讨论学习的成败。在玛丽家足足学了3个月,彼德不但掌握了许多烹饪原理和方法,原本一窍不通的英文也日渐进步。每次去上课,他总抱着一部厚厚的字典,把菜谱上的英文一个一个地翻译出来,猛学苦记,回家后再细细消化。

玛丽被彼德不懈的学习热情和刻苦的学习精神感动了,知道他不是个蜻蜓点水的“过客”,而是准备认认真真地在烹饪界当个“长驻军”,便主动表示愿意资助他继续学习。于是,他选择了一家烹饪专科学校,系统地学习了西餐的烹制技巧。

2000年,他受聘到一家西餐馆担任厨师,不久后因为工作表现优异而升任主厨。由于厨艺出色,又善于变新花样,许多人慕名而来,餐馆日日客满。但对于他,真正的挑战还在后面。

“我觉得人生就像是一条长长的路,当你达成某个目标时,你就必须不断地超越目前的境况,去挑战新的目标。有梦想的人生,才算是有意义的人生。”

2003年彼德实现了自己的第一个梦想。他拿出全部积蓄,加上朋友的投资,在成都开了第一家充满南美风情的西餐馆,由玛丽担任顾问。

彼德把“努力不懈”当做终生的“座右铭”。尽管目前他已经拥有4家餐馆了,可是,在成都和北京来回穿梭的彼德,又有了新的梦想,他希望“彼德西餐馆”能成为中国的连锁西餐馆。他微笑着说:“我们永远不可以放弃梦想。”

立志锦囊

在穷途末路的暗夜里,梦想就像是远处遥遥的灯火,召唤着我们披荆斩棘,继续前行。人不可没有梦想,更不可轻易放弃梦想,只要心中还存在那跳跃的火焰,就有一份惊人的力量,只要信念中还保存着那份热切的执著,就没有理由湮灭在彷徨的沙漠。

文 黄晶晶

为生活设定目标

文 苇 笛

当我们在心中为自己设下目标并持之以恒地向前迈进时,我们的生活也就掀开了新的一页。

唐太宗贞观年间,长安城西的一家磨坊里,有一匹马和一头驴子。它们是好朋友,马在外面拉东西,驴子在屋里推磨。贞观三年,这匹马被玄奘大师选中,出发经西域前往印度取经。

17年后,这匹马驮着佛经回到长安。它重到磨坊会见驴子朋友。老马谈起这次旅途的经历:浩瀚无边的沙漠,高入云霄的山岭,凌峰的冰雪,热海的波澜……那些神话般的境界,使驴子听了大为惊异。驴子惊叹道:“你有多么丰富的见闻啊！那么遥远的道路,我连想都不敢想。”“其实,”老马说,“我们跨过的距离是大体相等的,当我向西域前进的时候,你一步也没停止。不同的是,我同玄奘大师有一个遥远的目标,按照始终如一的方向前进,所以我们打开了一个广阔的世界。而你被蒙住了眼睛,一生就围着磨盘打转,所以永远也走不出这个狭隘的天地。”

这是一个简洁的寓言故事,但我们从中却能看到一些生活的本质。研究表明,芸芸众生中,真正的天才与白痴都是极少数的,绝大多数人的智力都相差不多。然而,这些人在走过漫长的人生之路后,有的功盖天下,有的却碌碌无为。这本是智力相近的一群人,为何他们的成就却有天壤之别呢？卡耐基的一份调查或许能够说明问题。

卡耐基曾对世界上一万个不同种族、不同年龄与性别的人进行过一次关于人生目标的调查。他发现,只有3%的人能够明确目标,并知道怎样把目标落实；而另外97%的人,要么根本没有目标,要么目标不明确,要么不知道怎样去实现目标……10年之后,他对上述对象再一次进行了调查,结果令他吃惊:调查样本总量的5%找不到了,95%的人还在；属于原来97%范围内的人,除了年龄增长10岁以外,在生活、工作、个人成就上几乎没有太大的起色,还是那么普通与平庸；而原来与众不同的3%的人,却在各自的领域里都取得了相当的成功,他们10年前提出的目标,都不同程度地得以实现,并正在按原定的人生目标走下去。

卡耐基的结论同样令我们震惊。原来,杰出人士与平庸之辈最根本的差别,并不在于天赋,也不在于机遇,而在于有无人生的目标！就像那匹老马与驴子,当老马始终如一地向西天前进时,驴子只是围着磨盘打转。尽管驴子一生所跨出的步子与老马相差无几,可因为缺乏目标,它的一生始终走不出那个狭隘的天地。生活的道理同样如此。对于没有目标的人来说,岁月的流逝只意味着年龄的增长,平庸的他们只能日复一日地重复自己。

也许，我们曾不满于自己的平庸；也许，我们曾抱怨过生活的无聊。然而，当我们在心中为自己设下目标并持之以恒地向前迈进时，我们的生活也就掀开了新的一页。

立志锦囊

同样的一生，你愿意庸庸碌碌、平庸无聊地度过吗？同样的时间，你甘心无所作为，每天重复相同的单调吗？是的，我们不甘心，不愿意如此。那么就擦亮童年的梦想，给自己树立目标吧。虽然每个目标都不大，但只要一一实现它们，就能发现大大的惊喜和成功。

文 毛淑芬

用假足踢球

文 钟璧谦

有不少四肢健全的人，终其一生百无一成，根本原因是，他们没有树立坚定正确的奋斗目标。

美国作家希尔叙述了一件令人惊叹的真实故事：丹普赛这孩子，生下来就四肢不全，只有一只左脚，另一只右脚缺了下半截。但他很想与别的孩子一样参加运动，并且特别喜欢踢足球。天哪！这可怎么办呢？丹普赛的父母，为了不伤孩子的心，给他做了一只木制的假足，以便使他能够穿上特制的足球鞋。丹普赛穿上足球鞋开始练习了，一小时又一小时，一天又一天，不断地用他那只木脚练习踢足球，努力在离球门越来越远的地方，把球踢进去。岁月流逝，汗水积淀出成绩，他终于被新奥尔良的“圣哲队”雇用为球员。当丹普赛用他的跛脚，在最后两秒内，在离球门63码的地方，把球踢入球网时，球迷们的欢呼声响遍了全场。他很快又蜚声全美国。这次比赛“圣哲队”以19比17的成绩，战胜了久负盛名的底特律的“雄狮队”。这个队的教练说：“我们是被一个奇迹打败的！”

这个奇迹——假足踢球的丹普赛取得了优异成绩，秘诀是什么？丹普赛成为著名足球运动员的秘诀在于：他从小就有想当足球运动员的强烈意识。

有不少四肢健全的人，终其一生百无一成，根本原因是，他们没有树立坚定正确的奋斗目标。正如美国的卡耐基所说：“今天有不少的年轻人，他们所犯的最大错误是，他们不知道他们自己想干什么，这真叫人万分惊骇。一个人花在选购一件穿几年就会破损的衣服上的心思，竟远比选择一份关系将来命运的工作要多得多。要知道，他将来的全部幸福和安宁，都建立在这份工作上。”这种人没有强烈的正确的奋斗目标，他们在事业上没有成就，乃是必然的。

立志锦囊

有时候，目标就是力量。有了一个明确的目标，我们就拥有了推动自己前行的力量，那份力量因为来自梦想而无比强大，因为来自生命而显得张扬，因为催促着生命的完整而越发让人奋进，催人成长。那是目标的力量，那是梦想的力量，那是成长的力量。

文 毛淑芬

梦 想

文 晓 文/译

在认真考虑了一星期之后，小男孩儿将原来的作文原封不动地交了上去。他对老师说："您可以给我不及格，但我要保留我的梦想。"

一名男子给小朋友们讲了这样一个故事：从前有个小男孩儿，他的父亲是个收入微薄的驯马师，只能勉强维持全家的生计和送儿子去上学。有一天，老师在课堂上要求学生们把自己的理想写下来。

晚上，小男孩儿写了一篇长达七页的作文，详细描述了自己的理想，还画了一幅画来表现自己的整个计划：有庄园，有牲畜，有土地，还有他想住什么样的房子……总之，他全身心地投入到对未来的憧憬中。

第二天，他将作文交给了老师。老师却将作文评为不及格，并留了一句话："放学后，来找我。"

小男孩儿去找老师，问他："为什么给我不及格？"老师说："对于一个像你这样的孩子来说，这是一个不切实际的梦想。要想得到你想要的，需要很多条件，更需要很多钱。你无论如何也做不到。"老师接着说，"如果你回去写一个更实际一些的目标，我会重新给你打分。"

小男孩儿回家后想了很久，他问父亲该怎么办。父亲回答说："儿子，这要你自己作决定。"在认真考虑了一星期之后，小男孩儿将原来的作文原封不动地交了上去。他对老师说："您可以给我不及格，但我要保留我的梦想。"

故事讲完后，男子对小朋友们说：“这个故事里的小男孩儿就是我。现在我们就住在我梦想中的庄园和房子里。当年的作文我仍然保留着。”

立志锦囊

当别人践踏我们的梦想，当别人鄙视我们的理想，当他们用嘲笑的目光和怜悯的口吻，告诉我们那是不可能实现的幻想时，请为自己保留那份最初的梦和向往。小男孩儿做到了，他用勤奋和汗水换回了梦想的展翅和怒放。现在的我们不正是那个小男孩儿吗？

文 王 蕴

超群的梦想

文 菀 云

充满自信的缺陷，远比缺乏自信的美更富有魅力！

“强者信念每跨众，伟人梦想总超群。”

不想当将军的士兵不是好士兵。

论及“谦虚”与“狂妄”之利弊，看看世界上收入最高的导演史蒂芬·斯皮尔伯格的自信断言吧，它会令无数“谦谦君子”大跌眼镜！

他在13岁时就断言——有一天，他要成为世界上最优秀的电影导演！

他17岁的一天下午，在他参观环球制片厂后，他的一生就从此改变了。他不像其他孩子参观完就完事,而是先偷看广告场的实际拍摄,再与剪接经理长谈了一个小时,然后马上决定改变自己的人生计划。第二天,他穿上西装,提起老式公文包,带了一块三明治,走进摄影棚,用塑料字母在车门上拼成“史导演”三个字,整个夏天他广泛结识导演和其他工作人员,全心流连于自己的梦想之中。在20岁那年,他真的成了正式的电影工作者!签订了一份长达7年的合同。几年后,他的梦想成真了!他真的成了世界上最有名的大导演!

比尔·盖茨也是一样。

他在13岁时就坚信自己的经营天才:注册创立了自己的第一家公司!专门分析西雅图市繁忙路口的交通流量。

“自古雄才多狂妄”。也正如我毫不怀疑我自己,一定能成为中国的卡耐基。这是我在13年前获得四川省演讲比赛冠军时就坚信的信念。因为我与他一样,有着写作、演讲、教育、心理咨询、文化企业“五合一”的多功能结构!有“我以我血荐轩辕”的满腔热血,以及大无畏的牺牲精神!另外我还多一项女性的亲和感和独特的魅力。因此我为自己断言:我一定能成为中国的卡耐基!

我欣赏世界著名影星索菲亚·罗兰在回答记者“为什么年近古稀,却仍被誉为最有魅力的女人”时说的那句话:

“充满自信的缺陷,远比缺乏自信的美更富有魅力!”

立志锦囊

“强者信念每跨众,伟人梦想总超群。”把强者和伟人之所以能够成为强者和伟人的原因说得透彻明白——信念和梦想。坚持当初的梦想,靠着执著的信念,完成最终的追求……每个成功的人不都是在如此这般努力着吗?

文 王 蕴

即使你被关在一个很小的囚室里，什么都不能做，但谁也不能阻止你去梦想。

第2辑 忘掉你的龅牙

有位女孩有一副美丽动听的歌喉，却偏偏长着一口龅牙。有一次，她去参加歌唱比赛。在台上，她只顾掩饰自己难看的牙齿，没有展露出她的歌喉。有位评委认为她很有唱歌的天赋，对她说：“你肯定会成功，但必须忘掉你的牙齿。”后来，她慢慢走出了龅牙的阴影，成为美国的一位著名的歌唱家，歌迷们还说她的龅牙很漂亮。

不管在什么时候都应相信自己，当自信充盈心中时，龅牙也会变得那么可爱。

逆境与人生

文 邱文彬

到底是顺境还是逆境更容易造就人才，这已经显得并不重要。重要的是，如果你身处逆境，你会怎么做？

我的一个同学曾扬眉吐气地给我讲了他的一段经历。他说：“我读高中的时候，那所学校一点名气也没有，每年大概也就只能出几个本科生。在距离高考还有几个月的时候，学校决定把那些有可能考上大学的学生集中到一起进行辅导。我那个班有3名同学名列其中。于是在我们班，老师只对那3名同学好，见到他们就微笑，辅导的时候耐心细致地讲解，而其他同学问问题时，总是概括性地讲几句就了事，管你听没听懂。许多同学都心灰意冷，认为自己没希望了，被老师看不起，于是就整天混日子，上课看武侠、聊天、睡觉。我成绩一般，当然也就没被选上。但我想，我的父母是农民，他们含辛茹苦、日夜操劳地供我读书，为的就是让我考上大学，跳出农门。难道我就考不上大学了吗？那我父母的心血不就白费了吗？我不愿意接受这个事实，我更不愿意辜负我的父母。于是我就暗下决心，要刻苦学习，考上大学。你知道我有多刻苦吗？教室里其他的人都走了，我还不走；寝室里其他同学都睡了，我的床上还亮着烛光；别人还在美梦里，我已经在教室里了。那段时间我整个人都瘦了一圈。高考成绩公布后，出乎老师们意料之外的是，我那个班就我一个人上了本科分数线。同学们也都用吃惊的目光看着我，我知道，他们都不晓得我是怎样过来的。

看着同学们羡慕的眼神，我就想，除了那3名同学之外，其他的同学身处同一环境，为什么有的自甘堕落、委靡不振，有的却能忍辱负重、出类拔萃呢？有的人总是埋怨自己没考上好的大学，没找到好的工作，没有天赋，没有背景，我觉得这是在浪费时间，浪费精神。到底是顺境还是逆境更容易造就人才，这已经显得并不重要。重要的是，如果你身处逆境，你会怎么做？”

立志锦囊

人生中有很多分叉路，有顺境、有逆境，任何一步都可能导致截然不同的结局。立志不放弃自己，勇往直前地拼搏，那么困在逆境中的窘迫，不也变成你人生中奋进的动力了吗？既然如此，何必害怕周围的荆棘呢？“我”用坚定的步伐，丈量了逆境与成功之间的距离——只有一步。

文　刘娟鹏

胜利的手势

文 （美）洛瑞·摩尔

鲍勃，你记住，没有必要遮掩什么。恰恰相反，你有一双幸运的手。上帝如此安排，为的是能让你比别人更快地打出“胜利”的手势。

收到鲍勃照片的时候，我很难把照片上这个搂着“州年度最佳射手”奖杯、一脸阳光的年轻人，同12年前那个瘦弱畏缩的男孩子联系起来。但是，他高高举起的右手是划破我记忆的闪电，那是一个孩子对生命的坚强诠释。

12年前，我受蒙特利哥学校邀请，担任该校足球队春季集训的教练。第一次和队员们见面是在一个阳光明媚的下午，10多个男孩穿着整洁的球服坐在草地上听我讲话。从孩子们清澈的眼睛里可以看出，他们是崇拜我的。训练结束后，我对孩子们说：“现在轮到我认识你们了。大家站成一排，在我和你们握手的时候告诉我你们的名字。”

我从一个个孩子面前走过，夸奖着那些自信地喊出自己名字的孩子，最后走到队尾那个瘦小的男孩面前。他紧张地看着我，小声说：“我叫鲍勃。”然后，他缓缓地把左手伸到我面前。

“哦，这可不行，”我说，“你应该知道用哪只手握手吧？而且你的声音还可以再大一点。怎么样，小家伙，我们再来一次？”鲍勃低下头一声不吭地站在那里。这时，他身旁的狄恩说：“教练，鲍勃的右手生来只有两根手指。”鲍勃猛地抬起眼睛看着我：“我能踢得很好的。做候补我也愿意！”

我平静地把右手伸到鲍勃的面前，温和地说：“你愿意跟我握下手吗？”

鲍勃迟疑地将他残缺不全的手放到我的手心里。我双手握住他微微颤抖的小手：“鲍勃，你记住，没有必要遮掩什么。恰恰相反，你有一双幸运的手。上帝如此安排，为的是能让你比别人更快地打出‘胜利’的手势(用手指打出英文单词Victory第一个字母V)。”

鲍勃苍白的脸上渐渐浮起灿烂的笑容。

集训结束的时候有一场汇报比赛。孩子们举着手争先恐后拥到我面前，希望自己能首发出场。鲍勃的左手几乎举到我眼前，我装作没有看见。剩下最后一个名额时，我沉默地看着鲍勃。鲍勃涨红的脸上突然有了凝重的神情。他坚定地举起右手，微微张开两指：“教练，请给我一次机会！”

我记得那回鲍勃进了两个球。

伤痕往往是上帝的亲吻，如果你能够正视。

立志锦囊

可敬的老师教会了鲍勃正视缺陷，鲍勃用自我肯定的勇气改变了自己的命运。这种自我肯定和自我赏识是一粒珍贵的种子，把它播种在心田，生命会因此而改观，让它长成大树，它绿色的枝叶就能荫庇一切苦难。面对残缺不全，我们要学会正视，学会乐观。

文　郭月霞

别说你不行

文 王玉北

只要凡事都往好的方面去想，去努力，你会发现“我能行”并不是一句空头支票。

有位秀才第三次进京赶考，住在曾经住过的店里。考试前几天，他做了两个梦，分别梦到自己在墙上种白菜，在雨天既戴斗笠又打伞。

第二天，秀才去找算命先生解梦。算命先生的一听，连拍大腿说：“你还是回家吧。你想想，高墙上种菜不是白费劲吗？戴斗笠打雨伞不是多此一举吗？”秀才一听，心灰意冷，收拾包袱准备回家。店老板觉得非常奇怪，问他：“不是明天才考吗，怎么今天就回去了？”

秀才便把事情的原委说了一遍，店老板听完便乐了：“哦，我也会解梦的。我倒觉得，这次你一定能考中。你想想，墙上种菜不是‘高种’吗？戴斗笠打伞不是有备无患双保险吗？”

秀才觉得有道理，于是精神振奋地参加考试，居然中了个探花。

立志锦囊

别说你不行，丢掉怀疑自我的包袱，告诉自己成功的首要条件就是自我肯定。遇到任何困难，都不要说“我不行”，不要用否定的暗示遮盖了自信的勇敢。只要凡事都往好的方面去想，去努力，你会发现“我能行”并不是一句空头支票。

文 郭月霞

肯定自我

文　佚　名

自我肯定来自对自己的信心，是源于对自我生命价值的尊重。肯定自己，尊重自己，你也一样能成为世界第一。

活了95岁的波兰钢琴大师阿瑟·鲁宾斯坦有抽雪茄的嗜好，与众不同之处是他吸的每支雪茄上都有他的大名，好像是他独享专利的标记似的。印有名字的雪茄究竟是他自己定做的，还是乐迷们奉献的？不得而知。至少他名望之高，是足以拥有无数崇拜者的。

阿瑟·鲁宾斯坦3岁开始习琴，4岁就登台公开演奏了。有意思的是这个孩童演奏家还只有4岁时就已经分发名片了。那上面印着“钢琴巨匠阿瑟·鲁宾斯坦”，雄心大志实可谓壮矣！由于他的姓氏与俄罗斯钢琴大师安东·鲁宾斯坦相同，因此老是有人来打听，他到底是不是安东的亲戚。不住的询问实在使他不耐烦了，于是他又在自己的名片上增添了一行字：“并非安东的亲戚。”

立志锦囊

成功难在哪里？最难就难在是否敢于肯定自己。还是幼儿的阿瑟·鲁宾斯坦就如此自信地打出了人生的第一张大旗。自我肯定来自对自己的信心，是源于对自我生命价值的尊重。肯定自己，尊重自己，你也一样能成为世界第一。

文　郭月霞

有多少奇迹在等待着你

文 阿 健

越是害怕失败，越会导致更大的失败。相反，坚定地树起奋发向上的信念，敢于冒险，敢于承受岁月的风风雨雨，就一定会拥抱令人羡慕的成功。

两颗相同的种子一起被抛进土地里。

一颗这样想：我得把根扎进泥土，努力地往上长，要走过春夏秋冬，要看到更多美丽的风景……

于是，它努力地向上生长。

在又一个金黄的秋天，它变成了很多颗成熟的种子。

另一颗却这样想：我若是向上长，可能碰到坚硬的岩石；我若是向下扎根，可能会伤着自己脆弱的神经；我若长出幼芽，可能会被蜗牛吃掉；我若开花结果，可能被小孩连根拔起，还是躺在这里舒服、安全。

于是，它瑟缩在土里。

一天，一只觅食的公鸡过来，三啄两啄，便将它啄到肚子里。

在慨叹两颗种子迥然不同的命运时，我们惊讶地发现这样简单的道理——越是害怕失败，越会导致更大的失败。相反，坚定地树起奋发向上的信念，敢于冒险，敢于承受岁月的风风雨雨，就一定会拥抱令人羡慕的成功。

走进生活，我们常常会发现这样一些人——他们习惯于安逸、舒适，总有很多的担心、忧虑，日子一久，他们便渐渐丧失了进取的勇气和力量，即使是行动了，稍遇挫折，或垂头丧气，或怨天尤人，或一蹶不振，给自己的生活抹上许多阴影。

同时，我们也会看到另外一些人——无论在何时何地，他们总有热望，总有激情，总有积极，认真、努力地充盈着每一天，纵使历尽磨难，也痴心不改，最终为自己赢得了充实的人生。

一位哲人曾说过："你的内心拥有无穷的力量，能够思考、鼓舞、希望、引导你追求任何人生的目标。"是的，即使是再平凡的人，他的内心深处也埋藏着巨大的潜能，真正的成功者，无一不是善于挖掘自己潜能的智者。

如是，请记住一位老师生动且耐人咀嚼的赠言——对你的双脚有多大的自信，你就能登上多高的峰巅。

立志锦囊

自信自强，拼搏向上，这是人类成功的源泉，是创造人类奇迹的根基。自信的人，就像那颗努力向上生长的种子，自尊自强，最终获得收获，赢得他人的尊敬与爱戴。自信往往能够让平凡的人超越平凡，登上巅峰。

文　王　蕴

答　　案

文　纳　兰

当海浪打来的时候，小灰雀总能迅速地起飞，它们拍两三下翅膀就升入了天空，而海鸥总要很长时间，然而，真正能飞越大海飞越大洋的还是它们。

有个孩子对一个问题一直想不通：为什么他的同桌想考第一名，一下子就考了第一名；而他也想考第一名，却只考了全班第二十一名？回家后他问："妈妈，我是不是比别人笨？我和他一样听老师的话，一样认真地做作业，可为什么我总比他落后？"

妈妈听后非常悲伤。因为她感觉到儿子开始有自尊心了，而这种自尊心正在被学校的排名伤害着。应该怎样回答儿子的问题呢？有几次，她真想重复那几句被成千上万个父母重复了无数次的话——你太贪玩了，你在学习上还不够勤奋，和别人比起来还不够努力，以此来搪塞儿子。然而，像她儿子这样，脑袋不够聪明，在班上成绩不甚突出的孩子，平时活得还不够辛苦吗？她没有这么做，她想在这个以几门功课定优劣的应试时代，为儿子的问题找到一个完美的答案。儿子小学毕业了，虽然他比过去更加刻苦，但依然没赶上他的同桌，不过与过去相比，他的成绩一直在提高。为了对儿子的进步表示赞赏，她带他去了一次海边。就在这次旅行中，母亲回答了儿子的问题。

现在这个儿子再也不担心自己的名次了，也再没有人追问他小学时成绩排第几名，因为去年他以全校第一名的成绩考入了清华。寒假归来的时候，母校请他给同学及家长们作一个报告。他讲了小时候的一段经历:“我和母亲坐在沙滩上,她指着前面对我说,你看那些在海边争食的鸟儿,当海浪打来的时候,小灰雀总能迅速地起飞,它们拍两三下翅膀就飞入了天空,而海鸥总要很长时间,然而,真正能飞越大海飞越大洋的还是海鸥。”

这个报告使很多母亲流下了眼泪,其中包括他的母亲。

立志锦囊

笑到最后的,才是笑得最美的。善解人意的母亲机智地保护了孩子像玻璃一样易碎的自尊心,让他对自己的未来充满了期待和希望,让他对自己充满了信心,从而更有前行的勇气。信心常常就是这样神奇,它所成就的是一个个奇迹。

文　王　蕴

忘掉你的龅牙

文　陆勇强

想要变得优秀,卓尔不群,首先要做的就是肯定自己努力得来的优点,忘记自己无法改变的缺憾。

有位女孩有一副美丽动听的歌喉,但却长着一口龅牙。

有一次,她去参加歌唱比赛。上了台,她只顾掩饰难看的牙齿,让观众和评委感到好笑。她失败了。有位评委却认为她的音乐潜质极佳,便到后台找到她,很认真地告诉她:“你肯定会成功的,但必须忘掉你的牙齿。”

在“伯乐”的帮助下，女孩慢慢走出了龅牙的阴影。后来，她在一次全国性大赛中，以极富个性化的表演和歌唱倾倒了观众和评委，脱颖而出。

她就是卡丝·黛莉，美国一位著名的歌唱家。她的龅牙同她的名字一样有名，歌迷们还称她的牙很漂亮。

立志锦囊

想要变得优秀，卓尔不群，首先要做的就是肯定自己努力得来的优点，忘记自己无法改变的缺憾。女孩把牙齿的不美抛在身后，专注于自己美丽动听的歌喉，于是她便能十二分地投入歌唱，不为掩饰牙齿的尴尬所拖累。记住成绩，忘记失败，成功很快就会到来。

文 黄晶晶

风中的木桶

文 李雪峰

小男孩儿高兴地笑了，他对父亲说：“木桶要想不被风吹倒，就要加重自己的重量。”男孩儿的父亲赞许地笑了。

一个黑人小孩儿在他父亲的葡萄酒厂看守橡木桶。每天早上，他用抹布将一个个木桶擦拭干净，然后一排排整齐地摆放好。令他生气的是，往往一夜之间，风就把他排列整齐的木桶吹得东倒西歪。

小男孩儿很委屈地哭了。父亲摸着男孩的头说：“孩子，别伤心，我们可以想办法去征服风。”

于是小男孩儿擦干了眼泪，坐在木桶边想啊想啊，想了半天，他终于想出了一个办法。他去水井挑来一桶一桶的清水，然后把它们倒进那些空空的橡木桶里，然后他就忐忑不安地回家睡觉了。

第二天天刚蒙蒙亮，小男孩儿就匆匆爬了起来，他跑到放桶的地方一看，那些橡木桶一个个排列得整整齐齐，没有一个被风吹倒的，也没有一个被风吹歪的。小男孩儿高兴地笑了，他对父亲说："木桶要想不被风吹倒，就要加重自己的重量。"男孩儿的父亲赞许地笑了。

是的，我们可能改变不了风，改变不了这个世界和社会上的许多东西，但是我们可以改变自己，改变我们自身的重量和我们自己心灵的重量，这样我们就可以稳稳地站在这个世界上生活了，不被风或其他东西吹倒成打翻。

给自我加重，这是一个人不被打翻的唯一方法。

立志锦囊

给自我加重，就是给自己更多的自信，让自己拥有更加强大的心灵力量和精神支撑。小男孩从木桶战胜狂风的事实中，发现了这个做人的哲理。这个哲理是如此智慧，如此神奇。小小的一份来自心灵深处的改变，将会改变我们整个世界。

文 黄晶晶

炫　　耀

文　张伟锋

“记住，不可拿别人的东西来炫耀自己！”于是我记住了第一句关于“炫耀”的话——不要拿别人的东西来炫耀自己。

我自小就是哥哥的“跟屁虫”。哥哥每次考试都能拿第一，而我就像自己拿了第一那样的高兴。见人就说：“我哥哥可厉害了，考试总是第一！”那种喜悦是没有人能够体会的。一次父亲对我说：“又不是你考试第一，你高兴什么？记住，不可拿别人的东西来炫耀自己！”于是我记住了第一句关于“炫耀”的话——不要拿别人的东西来炫耀自己。

以后凭着自己的聪明和勤奋，我考试也总是拿第一，我也就开始暗暗高兴了。我觉得一切在我眼中都变得渺小了。同学问我问题，我也爱理不理的，还撇撇嘴说：“这样简单你都不会，真是笨，你看我！”正在我得意洋洋时，父亲又说话了：“你可以自信，但不可以自傲，记住，不要总是炫耀自己！”于是我记住了第二句关于“炫耀”的话——不要总是炫耀自己。

进入大学后，在学校组织的象棋比赛中得了奖，拿回家来一个奖杯。小侄儿看见了。很是喜欢，就拿去玩。他拿着奖杯和他的小伙伴在一起“吹牛”，说他的叔叔怎样怎样棒，他的朋友马上就对他“奉若神明”。父亲看见了对我说：“你不要让他拿着你的东西炫耀，这样只会惯坏他。记住，不要让别人拿着你的东西去炫耀！”于是我记住了第三句关于“炫耀”的话——不要让别人拿着自己的东西去炫耀。

父亲说的只是简短的三句话，却让我终生受益。

立志锦囊

炫耀来自爱出风头的小机灵，炫耀源自没有自知之明的自负和自大。对于一个渴望着成就、渴望梦想成真的人来说，炫耀是危险的，无论是拿别人的东西来自夸，还是让别人拿着自己的东西去自吹自擂，抑或是自我吹嘘，都只会让人觉得愚蠢而笨拙。

文　黄晶晶

你现在就是

文　李　践

一个人是什么，是因为他相信自己是什么。那么相信你自己能行，就一定行。坚定自信，才会促使潜能发挥。

有一个雕塑家有一天发现自己的面貌越来越丑了。“丑”并非指肤色、五官（他原本长得不错的），而是指神情、神态，怎么就那样“狡诈”、“凶恶”、“古怪”，以至于使面相本身也让人觉得可恶可怕。

他遍访名医，均无办法。因为吃药也好，整容也好，都无法医治五官之间的“关系”——无法医治一个人的愁眉苦脸，无法医治“满脸横肉，凶神恶煞”。

一个偶然的机会，他游历一座庙宇时，把自己的苦恼向长老说了。长老说，我可以治你的“病”，但不能白治，你必须为我先做一点工——雕塑几尊神态各异的观音像。

雕塑家接受了这个条件。

在中国千百年的传统文化中，观音是慈祥、善良、圣洁、宽仁、正义的化身，她（他）的面相神情，自然就是人民群众心中这些概念的形象化、典型化。

雕塑家在塑造过程中不断研究、琢磨观音的德行言表，不断模拟她（他）的心态和神情，达到了忘我的程度，也相信自己就是观音。

半年后，工作完成了，同时，他惊喜地发现自己的相貌已经变得神清气朗，端正庄严。

他感谢长老治好了他的病。

“不，”长老说，“是你自己治好的。”

此时，雕塑家已找到了原来“变丑”的病根——过去两年，他一直在雕塑夜叉！

正所谓“相由心生，相随心灭”。一个人是什么，是因为他相信自己是什么。那么相信你自己能行，就一定行。坚定自信，才会促使潜能发挥。

因此，你想是谁，你现在就是。

立志锦囊

好一句“你想是谁，你现在就是”，深刻总结了人的思想和行为在随着对自己影响深入的事物的改变而改变。环顾身边的同学，我们会发现优秀的那些往往是读书多、勤思考的典范。因为他们在书香的氛围中浸润，在美好智慧的故事中成长。靠近谁，想是谁，你就会变成谁。

文 毛淑芬

最优秀的人是你自己

文 纪广洋

每个人都是最优秀的，差别就在于如何认识自己，如何发掘和重用自己……

据说，苏格拉底在风烛残年之际，知道自己时日不多了，就想考验和点化一下他的那位平时看来很不错的助手。他把助手叫到床前说："我的蜡所剩不多了，得找另一根蜡接着点下去，你明白我的意思吗？"

"明白。"那位助手赶忙说，"您的思想光辉是得很好地传承下去……"

"可是，"苏格拉底慢悠悠地说，"我需要一位最优秀的传承者，他不但要有相当的智慧，还必须有充分的信心和非凡的勇气……这样的人选直到目前我还未见到，你帮我寻找和发掘一位好吗？"

"好的，好的。"助手很温顺很尊重地说，"我一定竭尽全力地去寻找，以不辜负您的栽培和信任。"

苏格拉底笑了笑，没再说什么。

那位忠诚而勤奋的助手，不辞辛劳地通过各种渠道开始四处寻找了。可他领来一位又一位，总被苏格拉底一一婉言谢绝了。当那位助手再次无功而返地回到苏格拉底病床前时，病入膏肓的苏格拉底硬撑着坐起来，抚着那位助手的肩膀说："真是辛苦你了，不过，你找来的那些人，其实都不如你……"

“我一定加倍努力，”助手言辞恳切地说，“找遍城乡各地，找遍五湖四海，我也要把最优秀的人选挖掘出来，举荐给您。”

苏格拉底笑笑，不再说话。

半年之后，苏格拉底眼看就要告别人世，最优秀的人选还是没有眉目。助手非常惭愧，泪流满面地坐在病床边，语气沉重地说：“我真对不起您，令您失望了！”

“失望的是我，对不起的却是你自己。”苏格拉底说到这里，很失意地闭上眼睛，停顿了许久才又不无哀怨地说，“本来，最优秀的就是你自己，只是你不敢相信自己，才把自己给忽略、给耽误、给丢失了……其实，每个人都是最优秀的，差别就在于如何认识自己，如何发掘和重用自己……”话没说完，一代哲人就永远离开了他曾经深切关注着的这个世界。

那位助手非常后悔，甚至自责了整个后半生。

为了不重蹈那位助手的覆辙，每个向往成功、不甘沉沦者，都应该牢记先哲的这句至理名言：“最优秀的就是你自己！”

立志锦囊

苏格拉底所要的传承人不仅仅是以智慧为标准的，更是以充分的信心和非凡的勇气为尺度的。可见，信心和勇气有时候与智慧同等重要，甚至更为重要。相信自己，认识自己，才能发掘自己，重用自己，给自己更多的空间和机会去成功。相信你自己，你就是最优秀的。

文 毛淑芬

第3辑

做一只优秀的兔子

每个人都有自己的天赋，比如，老虎有锋利的牙齿，兔子有高超的奔跑力、弹跳力，所以它们能在大自然中生存下来。人们都希望成为老虎，但其中有很多人只能是兔子。我们为什么放着同样很优秀的兔子不当，而一定要当老虎呢？

只认一个“最爱”

文 陈明聪

然而，你是否扪心自问过：“我是真的兴趣太多，还是根本不知道自己的目标在哪里？”

荣获诺贝尔物理学奖的杨振宁教授，在一次演讲时说，从小他就是个很不聪明的孩子，上小学时进度总是跟不上，作业簿上更是写得乱七八糟，老师的评语是“粗心”二字。

到了中学，在只有30个人的班级里，成绩也只是第五或第六，从来没有跨进第五名之前。

然而，也正是在中学时，他发现自己在物理方面特别得心应手，而且非常感兴趣，从此他下定决心，朝着“物理”前进。

到了读大学时，他毫不犹豫地选择了物理系，从此一辈子潜心研究物理。

他说：“许多同学研究了三年物理学后，便改学化学，不久又改学工程学，只有我，自始至终都在学‘物理’。”

他还说：“我有个很要好的朋友，不管在什么领域都非常优异，而且兴趣广泛，但是在进入大学后，方向却摇摆不定，一会儿读数学，一会儿又改读生物，甚至又跳到了音乐系，最后当然一事无成了。”

在生活中，经常听见许多人说：“我的兴趣太多了，真不知道要选择哪一样。”然而，你是否扪心自问过：“我是真的兴趣太多，还是根本不知道自己的目标在哪里？”

立志锦囊

人生有太多的诱惑，这会让我们时而向往太阳，时而神往月亮，时而又想摘下一颗星星，却最终什么都没有得到。杨振宁的成功依赖于对自己最初选择的执著。太多的选择面前，我们如何能把持住不被迷惑，不轻易放弃，不自甘沦落？靠的是执著，是坚持，是持之以恒的韧性。

文 郭月霞

智　者

文 佚名

前人走过的路，并不一定通往胜利。不可迷信经验，已被踏平的大路尽头，绝没有价值连城的宝藏供我们采掘。

传说在浩瀚无际的沙漠深处，有一座埋藏着许多宝藏的古城。人们要想获取宝藏，必须穿越沙漠，战胜沿途数不清的机关和陷阱。

很多人对沙漠古城里这一批价值连城的财宝心驰神往，却又没有足够的勇气和胆量去征服沙漠以及杀机四伏的陷阱。这批珍贵的财宝，就这样在沙漠古城里埋藏了一年又一年。

有一天，一个勇敢的年轻人听爷爷讲了这个神奇的传说，决定去寻宝。勇士准备了干粮和水，独自踏上了漫长的寻宝之路。

为了在回程的时候不迷失方向，这个勇敢的寻宝者每走出一段路，便要做上一个非常明显的标记。虽然每前进一步都充满艰险，但勇士最终还是找出了一条路。就在古城已经遥遥相望的时候，这个勇敢的人却因为过于兴奋而一脚踏进爬满毒蛇的陷阱，眨眼间便被饥饿的毒蛇吞噬。沙漠再次陷入寂静。

过了许多年，终于又走来一个勇敢的寻宝人。他看到前人留下的标记，心想：这一定是有人走过的，既然标记在延伸，说明指路人安全地走下去了，这路一定没错！沿着标记走了一大段路，他欣喜地发现路上果然没有任何危险。他放心大胆地往前走，越走越高兴，一不留神，也落进同样的陷阱，成了毒蛇的美餐。

最后走进沙漠的寻宝人是一位智者。他看着前人留下的标记想：这些标记可不能轻信。否则，寻宝者为什么都一去不返了呢？智者凭借自己的智慧，在浩瀚无际的沙漠中重新开辟了一条道路。他每迈一步都小心翼翼，扎实平稳。最终，这位智者战胜了重重险阻抵达古城，获得宝藏。

智者在临终前对自己的儿孙说：前人走过的路，并不一定通往胜利。不可迷信经验，已被踏平的大路尽头，绝没有价值连城的宝藏供我们采掘。即使原来真有宝藏，那也早已经被那些更早踏上这条道路的人采掘干净了。

立志锦囊

迷信经验，往往会让自己迷失在经验的泥潭之中，永远找不到属于自己的声音和世界。智者在别人的经验面前冷静分析，得出智慧的道理，值得我们深思。想要找到真正属于自己的天空，必须相信自己，踏踏实实，稳扎稳打，迈出属于自己的步伐。

文 郭月霞

冠军的道路

文 小　名

你是要成功还是要听别人的话？如果有人说，你无法实现你的梦想！你，就做一个“聋子”吧！

一群蛤蟆在进行比赛，看谁先到达一座高塔的顶端。周围有一大群围观的蛤蟆在看热闹。

竞赛开始了，只听到围观者一片欷歔(xī　xū)声：“太难为他们了！这些蛤蟆无法到达目的地，无法到达目的地。”

围观的蛤蟆继续喊着：“太艰苦了！你们不可能达到塔顶！”

其他的蛤蟆都被说服停下来了，只有一只蛤蟆一如既往继续向前，并且更加努力地向前。

比赛结束，其他蛤蟆都半途而废，只有那只蛤蟆以令人不解的毅力一直坚持了下来，竭尽全力到达了终点。

其他的蛤蟆都很好奇，想知道为什么它就能够到达终点。

这时，大家才发现——它是一只聋蛤蟆！

你是要成功还是要听别人的话？如果有人说，你无法实现你的梦想！你，就做一个“聋子”吧！

立志锦囊

过于在乎别人的评判，过于依赖别人的肯定，这样建立起来的心理宝塔绝对没有坚实的基础。当风言风语无情来袭时，我们不如学着蛤蟆，做一个聋子。对那些对实现梦想毫无益处的话语，我们不闻不问，稳步前行，最终用行动证明我们的执著是如此明智，而那些声音是多么的愚蠢。

文 王 蕴

走自己的路

文 蒋光宇

人，有一个很宝贵的品质，就是自己认清的路，不管别人说什么，都能挺起胸膛走到底。

在印度流传着一个耐人寻味的故事：

一个老头和一个孩子，用一匹驴驮着东西到集市上去卖。东西卖掉了，老头和孩子开始往回走。路上，老头把孩子放在驴背上，自己牵着驴走。这时候，路上有的人便责备起孩子来：这孩子真不懂事，年纪轻轻的怎么能让老人在地上走呢？

孩子听了路人的责备，觉得自己不对，就立即从驴背上下来，让老头骑到驴背上去。老头骑上了驴，两人换了位置，小孩在地上牵着驴走。这时，路上又有人责备起老头来：这老头真不通情理，一个大人，怎么能忍心让一个孩子在地上走呢？

老头听了觉得在理，于是便把小孩也抱到驴背上，两个人一前一后地坐在驴背上走。心想：这回总算合情合理了吧！可是不曾想，路上有人说他们两人太残酷了：两个人都坐在驴背上，驴压坏了怎么办？怎么不爱惜牲口呢！

听了这些话，老头和孩子觉得再也没有别的办法了，于是两个人只好都从驴背上跳下来，牵着驴走。这回总算是爱惜牲口了。可是这样做，路上有人还是有意见，他们笑话老头和孩子是一对呆子、一对蠢货，放着现成的驴不骑，硬是在地上挨累！

最后，老头感到左右为难，怎么办都不对，所以便对孩子说，孩子，咱们只剩下一个办法了，那就是我们两个抬着驴走。

这故事让人想到了马克思引用佛罗伦萨诗人的一句话：走自己的路，让别人去说吧！

走自己的路，要集思广益。因为兼听则明，偏信则暗。

走自己的路，要善于选择。因为仁者见仁，智者见智，众口难调，让一切人都满意是不可能的。只能择其善而从之，择其不善而改之。

走自己的路，要相信自己。不能被不负责任的批评牵着鼻子走。连自己都不相信的人，怎么能相信真理呢？

走自己的路，要目标明确。没有明确目标的旅程，就像在大海上没有罗盘的航行。

人，有一个很宝贵的品质，就是自己认清的路，不管别人说什么，都能挺起胸膛走到底。

郑板桥的《竹石》诗写得好："咬定青山不放松，立根原在破岩中。千磨万击还坚劲，任尔东西南北风。"

立志锦囊

郑板桥写的诗道出了成功的秘诀，人要认定自己选择的道路，把执著的背影留给大地，让沉稳的步伐记录跋涉的艰辛，不放弃，不抛弃。过于在意别人的言语，迟早会生出农夫抬驴的愚蠢。追逐梦想的人，要相信自己，像一棵木槿一样，在逆境中抗争，在严寒中搏斗，开出一整年的花期。

文　王　蕴

做一只优秀的兔子

文 楼南香

人们都希望成为老虎，但其中有很多人只能是兔子。我们为什么放着很优秀的兔子不做，而一定要做很烂的老虎呢？

台湾漫画家朱德庸凭借《双响炮》、《涩女郎》等作品红遍了亚洲。少有人知的是，他并没有受过正规系统的美术训练，也不是什么高才生，相反，未成名前的朱德庸还是许多人眼里注定要失败的人。

从读幼儿园起，朱德庸就不是老师眼中的好学生。课堂上老师让默写生字，他永远写不对笔画；老师让背乘法口诀，他背了一遍又一遍就是记不住……为此，老师经常将他撵出教室罚站。在上学的十多年里，朱德庸不断地转学、插班、留校察看，甚至连上补习班都惨遭劝退。朱德庸的父母为他伤透了脑筋。

有段时间，朱德庸认为自己非常笨。后来才懂得，那不是笨，而是学习障碍。

人的学习能力是分多种类型的，他天生就对图形敏感，而对数字迟钝。因此，他只有在画画时才能找到属于自己的快乐。朱德庸开始观察生活和各种各样的人，并试着将不同的人物脸谱画下来。一次偶然的机会，他的漫画公开发表了，这更鼓舞了他。当《双响炮》红遍台湾时，朱德庸已声名斐然。

朱德庸说："我相信，人和动物是一样的。每个人都有自己的天赋，比如老虎有锋利的牙齿，兔子有高超的奔跑力、弹跳力，所以它们能在大自然中生存下来。人们都希望成为老虎，但其中有很多人只能是兔子。我们为什么放着很优秀的兔子不做，而一定要做很烂的老虎呢？”

立志锦囊

俗语有云：“宁为鸡首，不为牛后。”讲的就是人要寻找自己的特长，发挥自己的长处，而不要盲目跟别人攀比，最后落得百无一用的下场。寻找自己的天赋，循着天分去努力，这份坚定的毅力会让我们去除轻浮和急躁，让我们的生活绽放属于自己的特殊光芒。

文　黄晶晶

狮子和标签

文　（俄）谢·米哈尔科夫　谷　羽/译

憔悴的狮子变了样子：为这个让路，给那个闪道。一天早晨，从狮子洞里忽然传出了“呃啊”的驴叫声。

狮子醒来，愤怒地团团转，吼声打破宁静，凶猛威严。

有个野兽和它开了个玩笑：在它的尾巴上挂上了标签。上面写着“驴”，有编号，有日期，有圆圆的公章，旁边还有个签名……

狮子很恼火。怎么办？这号码，这公章，肯定有些来历。撕去标签免不了要把责任承担。

狮子决定合法地摘去标签，它满怀气愤来到野兽中间。

“我是不是狮子？”它激动地质问。

“你是狮子，”狼慢条斯理地回答，“但依照法律，我看你是一头驴！”

"怎么会是驴？我从来不吃干草！我是不是狮子，问问袋鼠就知道。"

"你的外表，无疑有狮子的特征，"袋鼠说，"可具体是不是狮子我又说不清！"

"蠢驴！你怎么不吭声？"狮子心慌意乱，开始吼叫，"难道我会像你？畜生！我从来不在牲口棚里睡觉！"

驴子想了片刻，说出了它的见解："你倒不是驴，可也不再是狮子！"

狮子徒劳地追问，低三下四，它求狼作证，又向豺狗解释。同情狮子的，当然不是没有，可谁也不敢把那张标签撕去。

憔悴的狮子变了样子：为这个让路，给那个闪道。一天早晨，从狮子洞里忽然传出了"呃啊"的驴叫声。

立志锦囊

被贴了标签的狮子，丧失自己，在求证自己是谁的道路上迷失了，最终真的变成了一头蠢驴。可悲的狮子让我们看到了标签的可怕，更让我们明白了迷信标签的愚蠢。做一个堂堂正正的人，要坚持自我，不管别人怎么说，不管有多少苦难，最重要的是不能失去自己。

文 黄晶晶

狮子的故事

文 刘 丹

不管有没有缺点，狮子从来就是草原之王。成为草原之王，不是因为他没有缺点，而是因为他的优点突出。没有缺点的狮子是不存在的。

一头母狮子，读了很多有关素质教育的书，觉得自己的孩子迪奥

完全可以被培养成为一头完美的狮子。

几年后，少年狮子迪奥对自己和世界有了许多观察和思考。他发现，虽然兽类都认为狮子是草原之王，但有个明显弱点，就是在中长跑项目中的耐力要比羚羊弱。很多时候，就因为这个弱点，羚羊从嘴边溜掉了，通过查询文献和实验研究，他弄明白了，羚羊耐力好的原因是他们的食物。于是，他瞒着母狮子，每天偷偷地吃草。一周后，奄奄一息的迪奥被母亲送到医院。由于治疗及时，他恢复了体力，但坚持要继续吃草。他埋怨母亲中断了他的计划。他说，再给他几天时间，效果就出来了，他会成为草原上真正的王者。

几经劝说无效，母狮子在医生的建议下，带迪奥定期去见心理治疗师。心理治疗师为他安排了为期一个月的认知行为治疗。

治疗师首先帮迪奥认识到他的错误观念，那就是狮子没有缺点才是真正的草原之王。

而正确的观念是，不管有没有缺点，狮子从来就是草原之王。成为草原之王，不是因为他没有缺点，而是因为他的优点突出。他是靠突出的观察力、优异的爆发力、锋利的牙齿和精准的扑跳动作而不是靠完美才称霸于草原的，没有缺点的狮子是不存在的。迪奥可能成为最优秀的狮子，但一定不是完美的狮子。迪奥现在开始要努力接受自己的缺点和优点，也就是接受作为一个狮子的局限和特点。这才是真正的自信心的体现。

一周的认知治疗后，迪奥的观念有所转变。心理治疗师给他安排了行为治疗的作业；

1.把自己的优点和缺点都写在纸上，贴在墙上。迪奥写了很多：

我的优点：爆发力强……

我的缺点：耐力差……

2.每天对着镜子说："虽然我有……(缺点)，但我仍是草原之王，因为我有……(优点)。"

3.每周记录自己捕捉到的羚羊数，而不是从嘴边溜掉的羚羊数，并把捕捉记录与同伴和家人分享。

4.在捕猎失败时，告诉自己，我的耐力的确比不上羚羊，但我要充分发挥我的优势。下次捕食时，要靠得更近些再动手，并且一定要选好顺风的位置。

3年后，迪奥成了那片草原最好的狮子。他是靠反应灵敏、选择捕食位置恰当而成名的。当然，同其他狮子一样，他的中长跑成绩仍然比不上羚羊，但他已经不在意这一点了。

立志锦囊

没有缺点的狮子是不存在的，没有缺点的人也同样是无迹可寻的。迪奥的成功在于他敢于忘记自己的缺点，同时强化了自己的优点，让优势发挥到了极致。在学习生活中，我们同样可以采用迪奥的智慧，全力投入让自己的优点成为无懈可击的特长，给自己加分。

文 毛淑芬

我们不是白天鹅 文 糖 糖

经女儿一说，我终于明白问题的症结所在：原来，他们本来就是白天鹅，而我不是！

给小女儿讲丑小鸭变白天鹅的故事。我在故事的结尾依照惯例告诫女儿：只要努力，丑小鸭也可以变成白天鹅！

女儿若有所思地沉默半晌，说："可是，妈妈，故事中那只'丑小鸭'

天生就是白天鹅，真正的丑小鸭却从来都不是白天鹅！”

我呆住了。我很喜欢丑小鸭变白天鹅的故事，多年前我曾以这个故事为动力，梦想自己能够出落成一个万人迷的女生。结果自然是失败的，我还以为是努力不够。经女儿一说，我终于明白问题的症结所在：原来，他们本来就是白天鹅，而我不是！

立志锦囊

天生的白天鹅即使从小是人人瞧不起的“丑小鸭”，最终它们依然会变成白天鹅。天生的丑小鸭呢？为什么一定要变成白天鹅？发挥自己的特长，挖掘自己的优点，做一只智慧的可爱的小鸭子，何尝不是一件美好的事情？认清自己、肯定自己、发现自己、重视自己，丑小鸭也美丽！

文　毛淑芬

麦地里的草

文　许　蚕

如果我们是一棵草，就不要长在别人的麦地里。找到自己的位置固然重要，找准自己的位置则更为关键。

一棵草气急败坏地质问着锄地的农夫：“瞧瞧你都干了些什么呀！你了解我们的价值吗？我们给人类带来清新的空气，给大地带来生命般的绿意，我们保护着堤坝不被雨水冲刷，我们让世界充满生机……在千里沙漠，在莽莽戈壁，人们会因为我们的踪迹而欢呼雀跃，而现在，你竟然愚蠢得要除去我们！”

但是农夫听不懂草的语言，他甚至顾不上仔细看一看这棵草的模样，他挥汗如雨，疲惫不堪，一边挥动着越来越觉得沉重的锄头，一边嘟嘟囔囔地抱怨着：

“这些草，什么地方长不好，偏偏长在我的麦地里！”

如果我们是一棵草，就不要长在别人的麦地里。找到自己的位置固然重要，找准自己的位置则更为关键。

立志锦囊

的确，寻找适合自己的位置是人生至关重要的事情。麦田里的野草像追悼会上的幽默笑话一样，让人无法接受。是鱼儿，幻想蓝天只会带来灾难；是鸟儿，迷恋大海只会造成悲剧。找准自己的位置，才能一步步脚踏实地接近成功的彩虹。

文 毛淑芬

倾斜翅膀的飞翔

文 沈 园

也许，命运给了你一双残疾的手，但是，只要心中有梦，你一样可以让理想自由飞翔。

1889年5月25日，一位名叫西科斯基的男婴在俄国基辅降生。西科斯基的出生给原本贫困的家庭又加重了负担。西科斯基的父亲不得不再兼一份工作，身兼三职便意味着几乎没有时间陪伴孩子，每天天未亮便要出门，晚上很晚才能回家。西科斯基长到6岁的时候还认不出父亲的模样。西科斯基的母亲在带孩子的同时，还要帮助别人洗衣服来贴补家用。

在一个寒冷的冬天，西科斯基的母亲外出揽活去了，年仅4岁的西科斯基一个人在火炉边玩，一不小心，将炉火上滚烫的开水壶碰倒，致使他的双手被严重烫伤。虽经治疗，但一双手掌却变了形，那一双向一边倾斜的手掌，从此成了西科斯基羞于见人的伤疤。

西科斯基从一个开朗顽皮的孩子，变成了一个自卑而脆弱的孩子，每天放学回家都双目无神地望着天空中飞过的鸟儿发呆，也许只有天上的飞鸟可以成为他倾诉心事的对象。母亲看在眼里，疼在心上，怎样才能让西科斯基变得快乐起来呢？一天，西科斯基的母亲从一个摊贩那里买了一个来自中国的玩具——竹蜻蜓，母亲希望这只竹蜻蜓能够给西科斯基带来一些快乐。西科斯基拿着竹蜻蜓，双手用力一搓竹蜻蜓的尾巴，竹蜻蜓的翅膀便飞速旋转起来，竹蜻蜓飞起来了，西科斯基终于笑了。

母亲趁机鼓励西科斯基，你看，这只竹蜻蜓的翅膀多像你的双手啊，也一样是向一边倾斜的，但它不也飞起来了吗？西科斯基将竹蜻蜓拿在手上仔细地对比，他惊讶地发现，竹蜻蜓的翅膀跟他的手真的很像，竹蜻蜓能够用倾斜的翅膀飞翔，他为什么不能用那双倾斜的手来让自己的理想飞翔呢？

从此，西科斯基真的迷上了飞翔事业。1908年，威尔伯·莱特驾机在巴黎飞行表演，西科斯基有幸目睹了前辈们的英姿后，更加坚定了自己动手制造这种“会飞的机器”的决心。1909年，他开始研制直升机。

1939年9月14日，被儿时的梦想支撑了30年的西科斯基，身穿黑色西服、头戴鸭舌帽，爬进座舱，轻松地把一架直升机升到了空中。在高两三米的地方，平稳地悬停了10秒钟之久，才轻巧地降落到地面。这在航空史上是崭新的一页，西科斯基成功地让世界上第一架真正的直升机升空了。经反复试飞，该飞机具有良好的操纵性能，具备了现代直升机的基本特点。

在积累了无数经验教训后，西科斯基解决了最大的难题：直升机在空中打转儿的毛病。他巧妙地在机尾装上了一副垂直旋转的抗反作用力的小型旋翼——尾桨，终于使直升机飞上了天空。他就是世界上第一架实用直升机的发明者——伊戈尔·伊万诺维奇·西科斯基，世界著名飞机设计师及航空制造创始人之一。

人生不可能总是一帆风顺，有阳光的照耀也有风雨的侵袭。有的人在苦难面前退缩了，苦难便成了他的绊脚石，让他沉沦其中不能自拔，于是苦难成了他抱怨一生、意志消沉的理由；有的人则不甘于沉寂，他总是能够在苦难中奋起，在苦难中寻找生命的价值，在挫折中发现机遇，于是，苦难变成了他前进的动力，最终获得了成功。也许，命运给了你一双残疾的手，但是，只要心中有梦，你一样可以让理想自由飞翔。

立志锦囊

没有挫折的人生是不完美的，也是不存在的。西科斯基的伤痕给他的心灵筑起了厚厚的高墙，却又在妈妈的引导下，变成了让西科斯基随梦想飞翔的翅膀。面对生活中的挫折和不如意，用积极的心态，饱满的精神，奋起的态度，去改变、去造就、去大胆地前行，我们也会收获成功的果实。

文 刘娟鹏

第4辑 那把美丽的雨伞

理想与现实是存在着差距的。光想不做，理想终究是一句空话；瞻前顾后，前怕狼后怕虎，梦想即使近在咫尺，你也无缘实现。

行动缺席的梦想只能带给我们遗憾。从现在开始，不要借口，立即行动！

大雁和鸭子

文 赖天受

懒惰的人把希望寄托在明天，只有勇敢的人勇于面对今天的奋斗。

大雁和鸭子本是亲兄弟，他俩都有一个理想：当旅行家。

春天，大雁对鸭子说："兄弟，咱们出发吧。"鸭子望着那绵绵细雨，摇摇头说："这是什么鬼天气呀，等找个风和日丽的日子再走吧。"

大雁鼓鼓翅膀，冒风顶雨，飞上了蓝天。

夏天，大雁对鸭子说："兄弟，咱们起程吧！"鸭子指着那天上的太阳，摇摇头说："哎，天太热啦，我怕流汗，等凉爽些再走也不迟。"

大雁鼓鼓翅膀，顶着烈日，飞上了蓝天。

秋天，大雁对鸭子说："兄弟，这回总该起程了吧？"鸭子缩缩脖子说："哎，秋风起了，凉丝丝的，还不是太理想的日子。过些时候再说吧。"

大雁鼓鼓翅膀，飞向前方。

冬天，大雁又对鸭子说："兄弟，应该立即出发了，要不，这一年就过去啦！"鸭子望着那纷纷扬扬的大雪，把头摇得像拨浪鼓："这是打狗不出门的日子啊！你要去，自己去吧！"说完，颤动着两条短腿，躲到避风的墙根下去了。

大雁鼓鼓翅膀，迎着风雪，飞向远方。

就这样，一年又一年，鸭子的翅膀退化了，再也飞不起来，连走路也摇摇摆摆像个老头子。大雁呢，迎风击雨，越飞越高，越飞越远，身子也越来越矫健，成了著名的旅行家。

立志锦囊

大雁经历了风雨，接受了磨炼，锻炼了翅膀，最终成就了自己的理想。人生包含了太多的味道和体验，如果我们不去勇敢尝试，勇敢地从一次次尝试中吸取经验，我们就永远没有成功的机会。懒惰的人把希望寄托在明天，只有勇敢的人勇于面对今天的奋斗。

文　郭月霞

一步改变一生

文　佚　名

千万别轻视那小小的一步，它可能会改变你的一生！

有一天，偏僻的小山村突然开进了一辆汽车。这可是件新鲜事，全村人都围过来。

从车上走下来几个人。其中一个穿黑皮夹克的中年男子问大家：“你们想不想演电影？谁想演请站出来！”一连问了好几遍，村民们都不敢吱声，好多人只顾和身边的人自言自语。

这时，一个十六七岁的女孩站了出来：“我想演。”她长得并不漂亮，单眼皮儿、脸蛋红扑扑的，透出山里孩子的倔强和淳朴。

“你会唱歌吗？”中年男子问。

“会。”女孩子大方地回答。

“那你现在就唱一个！”

“行！”女孩子开口就唱，一边唱还一边扭，“我们的祖国是花园，花园里的花朵真鲜艳……”

村里人大笑。因为她的歌实在是唱得不怎么好听，不但跑了调，而且唱到一半时还忘了词。没想到，中年男子却用手一指：“好，就是你了！”

这个勇敢地向前迈了一步的女孩子叫魏敏芝。她幸运地被大导演张艺谋选中，在电影《一个都不能少》中出任女主角，名字很快传遍了大江南北。

千万别轻视那小小的一步，它可能会改变你的一生！

立志锦囊

尝试着迈出一小步，往往会改变一生的轨迹。确实，尝试是生命旅途中最光彩夺目的一个瞬间，是给生命添加活力的最有力的一步，是带给未来无限生机的最勇敢的信号灯。魏敏芝的大胆尝试让她成就了一个小小的奇迹。我们也可以像她一样，用勇敢的尝试改变自己的人生。

文 郭月霞

走就是一切

文 毕淑敏

每个人难道不会走路？为什么还要别人告诉？一定要有看得见的利益才肯走吗？有时候，走就是一切啊！

中学同学霓，从国外读心理学回来，说中国的女人多有心理疾病，比例大约在一半，表现为没有自己的意志，功利性太强。

我看着她，没反驳，给她留着面子。心里说，我看你先得了一种病，叫危言耸听。

她笑了。到底是学心理的，把我看透了。她说，你在腹诽我呢。不相信是不是？咱们做个实验。

她领我到一间大而空的教室，叫一些女人挨个儿走进来，让大家服从她的指令。我们一人一把椅子，坐在两个门口，好像电影院收门票的。第一个女人从我坐的这个门口走进，霓在对面说，请走过来。

这是一位老奶奶，每一根白发都像银针闪亮。她环视一无所有的房间，缓缓说，这屋里什么都没有，走过去干什么呢？说着她就从进来的门出去了。

第二位是个中年妇女，很利落精干的模样。听了霓的要求后，她狐疑地看着对面的门，渐渐手足无措起来，好像暗处有无数眼睛在窥视她。接着喃喃自语，可怎么走呢？走过去以后还走回来吗？既然还得回来那就甭走过去了。是不是？

霓顽强地保持沉默。至于我，根本就不知道这试验的机理，什么也说不出。中年妇女待了一会儿,也无声地退出了。

第三位进来的是年轻的小姐。她响亮地问道,是跑过去还是跳过去?她期待着我们的回答,但霓一声不吭。小姐悻悻地转身就从原路走回去了。

第四位是个幼小的女孩。霓又重新发出呼唤,请她走过去。

女孩毫不迟疑地走起来,弹起的脚步把地板跳得嗒嗒直响。

然后看也不看霓,快活地从那个门跑出去,只把无缘无故的笑声留给我们。

霓对我说,喏,试验结束了,结果比我们设想得还要糟:合格率只有1/4,就是那最小的女孩。我打抱不平说,你只讲走过来,并不说怎样走,走过去干什么,当然她们不肯走了。

霓说,每个人难道不会走路?为什么还要别人告诉?一定要有看得见的利益才肯走吗?有时候,走就是一切啊!

霓叹了一口气说,现在接受试验的人是5个,合格率只有20%。

立志锦囊

走,就是一切;走,就是生活;走,就是体验和尝试。文中的三个女子都是看到了利益才肯动身,却往往会因此而丧失更多的机会。一路走来,一路尝试,一路经历美好或艰难,最后总会有那么一个地方等待着我们……是的,走,就是一切,尝试,就是生活。没有尝试的枪手不可能成为神枪手,没有尝试的写手不可能成为作家。

文 郭月霞

重要的是发射 文 王爱萍

如果你不射门,就百分之百没有命中率。果断地发射,从失败中寻找新的启示和经验,在下一次发射的时候,才能更加靠近成功的靶心。

一名记者在采访EDS公司总裁罗斯·佩洛时问:“你们公司成功的秘诀是什么呢?”

罗斯·佩洛回答得很有意思:“预备!发射!瞄准!”

人们对他说的话有些不解。因为按照常规,应该是预备、瞄准、发射才对。然而,他所说的话,的确是EDS公司的经营宗旨。也正是这一打破常规的理念,才使得EDS公司在极短的时间内,有了突飞猛进的发展。

对于这个疑问,他是如此解释的:“我们从来不等有了方法再行动,而是在行动中寻求方法,在行动中瞄准。如果射偏了,没关系,纠正它,再发射。重要的是发射,是行动!”

我们在追求理想目标的时候,往往经过一番充分准备之后,不是果断地发射而是顾虑自己的行动是否会成功、应该如何面对失败等问题。但是,当我们真正下定决心开始发射的时候,成功的靶子早已从我们的视线中偏离了。

如果你不射门,就百分之百没有命中率。果断地发射,从失败中寻找新的启示和经验,在下一次发射的时候,才能更加靠近成功的靶心。

立志锦囊

行动的力量是巨大的，面对困难，如果我们积极行动，就会发现困难其实不过如此，才会明白挫折其实是成功的基石。行动，是成功者的阶梯；行动，不代表着对成功有完全的把握，但不行动，对成功就完全没有把握。行动起来，是成功的密码，用胆识和勇气的程序才能揭开秘密。

文 王 蕴

那把美丽的雨伞

文 段淑芳

光想不做，理想终究是一句空话。瞻前顾后，前怕狼后怕虎的，梦想即使与你近在咫尺，你也无缘实现。

那是一个歌唱比赛的晚会上，为了拉动晚会的现场气氛，调动观众的互动情绪，主办单位在比赛间隙穿插了个有奖问答的环节。问答的题目很简单，因为题目和答案都事先打印在入场券上。奖品是一把雨伞，光看外包装，就精美无比。美的东西人人都喜欢，娜娜也一样。她非常渴望得到那把美丽的雨伞。

只要举一下手，上台答一下问题，那把雨伞就是自己的了，原来实现梦想竟是如此简单。

第一个吃螃蟹的人是需要勇气的，抢答之初的几个题目，原本是很简单的，娜娜扫一眼会场，只见举手的人寥寥无几。娜娜心想怎么那么笨呢，举手啊，快举手呀！任娜娜在心里喊破了嗓子，依然不见有敢于第一个吃螃蟹的尝试者。娜娜想，既然这样，干脆自己举手好了，放着那么漂亮的雨伞不要是傻瓜才做的事情。好，就这么说定了，举手！可是，怎么回事，那手好似被谁施了魔法，千斤重似的，怎么也举不起。吸气、吐气、深呼吸，娜娜再一次运足了劲，那手却又软绵绵的，还是举不起。倒是眼睁睁地看一个学生妹蹦蹦跳跳爬上了舞台，轻轻松松拿到了那把美丽的雨伞。

娜娜心想：下一个题目，下一个题目一定要举手。不为什么，就为了那把美丽的雨伞。

当新一轮抢答开始时，娜娜还是没有举手。娜娜不知自己在担心什么，她是想举手的呀，可是想到台下密密麻麻坐的一大片人都在看着你，万一自己一紧张，题目答不上来，那不是很没面子吗？可不能为了一把雨伞而丢掉了做人的面子啊！

是呀，是雨伞重要，还是一个人的面子重要呢？娜娜按捺住了自己内心的狂热，装作不经意地四处扫描了一番。再看看周围的人也是你看看我，我看看你，大眼瞪小眼，明明蠢蠢欲动，却又装作一副柳下惠坐怀不乱的气势。只有几个不谙世事、青春逼人的学生妹在那儿一惊一乍的，你方唱罢我登场。

娜娜不由得感慨：青春真好，可以为了梦想敢冲敢闯，可以为了一把雨伞而无所顾忌地走上众目睽睽的讲台。

眼看着美丽的雨伞越来越少，娜娜的心也越来越痛。她一再给自己鼓气：别怕，下个题目一定抢先举手上台，不入虎穴，焉得虎子。为了那把美丽的雨伞，豁出去了！

大概当娜娜这么想明白时，其他人也想明白了。因为当主持人宣布这是最后一个抢答题目时，当娜娜扭扭捏捏、迟迟疑疑地举起右手时，已有更多的手更快地高高举起了。有的生怕主持人看不到自己，干脆站起来举手。就这样，晚会上，娜娜好不容易鼓起勇气举起的手被淹没在无数只手的海洋里。举手，答题，然后……原以为实现梦想是如此的简单。可是,看似简单的事付诸实际却也有着这样那样的艰难。

看来,理想与现实还是存在差距的。光想不做,理想终究是一句空话。瞻前顾后,前怕狼后怕虎的,梦想即使与你近在咫尺,你也无缘实现。

那把雨伞,那把美丽的雨伞,以后只能停留在娜娜的一帘幽梦里。

立志锦囊

其实,在我们身边,有很多和娜娜相似的人。他们幻想着美丽的未来,他们构想着理想的前景,却一次次把一切都依附在空想中,在冥思苦想中构筑未来。然而,行动缺席的空想只能带来遗憾,缺少了行动的计划,再周密也仅仅是心灵的折磨。不要借口,立即行动!

文 王蕴

成功需要胆识

文 肖复兴

我们每天都梦想着成功,可是机遇到来的时候,却不敢去尝试,只有对失败的顾虑,以致失去了成功的机会。

一个园艺师向一个企业家请教说:“社长先生,您的事业如日中天,而我就像一只蚂蚁,在地面爬来爬去的,没有一点出息。什么时候我才能赚大钱,能够成功呢?”

企业家对他和气地说:“这样吧,我工厂旁边有2万平方米空地,我们就种树苗吧！一棵树苗多少钱？”

“40元。”

企业家又说：“那么以一平方米地种两棵树苗计算，扣除道路，2万平方米地大约可以种2.5万树苗，成本刚好100万元。你算算，3年后，一棵树苗可以卖多少钱？”

“大约3000元。”

“这样，100万元的树苗成本与肥料费都由我支付，你就负责浇水、除草和施肥工作。3年后，那时我们一人一半。”企业家认真地说。

不料园艺师却拒绝说：“哇，我不敢做那么大的生意，我看还是算了吧。”

是啊，一句“算了吧”就把到手的成功机会轻轻地放弃了。我们每天都梦想着成功，可是机遇到来的时候，却不敢去尝试，只有对失败的顾虑，以致失去了成功的机会。

一句话，成功是需要胆识的，要敢于尝试！

立志锦囊

再伟大的目标，再完美的计划，如果少了行动，就根本不可能实现。面对企业家的构想，园艺家还是因为顾虑过多而放弃了。站在现实的此岸，向往着理想的彼岸，如果不下决心，用胆识当桥梁去尝试，去行动，那么面对中间湍急的河流，我们将永远无法跨越。记住，尝试会带来一切，勇气会决定一生。

文 黄晶晶

是谁束缚了我们

文 王国军

人生中很多时候，不是我们不能到达成功的彼岸，而是经验束缚了我们的手脚。

有一位老富翁，一直都想去真正地探一次险，年轻时事业牵绊了他的手脚，现在年纪大了，想出去的冲动就更明显了。他终于做了个决定，他要在探险的惊奇中度过自己60岁的生日。

这天，天气异常寒冷，他背着厚厚的行李走到了一座大山上，前面是被挡住的道路，只有一座长长的浮桥横在眼前。他的目的地是对面那座海拔5000米的高山。

浮桥大约有20米长，两边还没有护栏，下面是深不可测的悬崖，桥上是厚厚的积雪，虽说有兔子的脚印，但这摇摇晃晃的浮桥能否承担他的重量，还是个未知数。权衡再三，富翁还是作出了过桥的决定。

只见富翁小心地伏下身子，一步一步往前爬，偶然间他瞟了一下脚下的云雾，忍不住倒吸了一口凉气，他似乎听到了浮桥开裂的声音，觉得自己继续走下去，最终只有埋骨深山。

巨大的恐惧感如海浪般滔滔卷来，他转头瞅了一下，爬得还不远，他艰难地掉了头，往回爬。

当他拖着疲倦的身体爬上岸时，突然听到了一串清朗的笑声，两个年轻的小伙子谈笑风生地往浮桥上走，当他们看到桥上的足迹以及一脸狼狈的富翁时，都露出诧异的表情。

人生中很多时候，不是我们不能到达成功的彼岸，而是经验束缚了我们的手脚。

立志锦囊

富翁多年的生活经验让他在即将成功地到达理想彼岸时，被恐惧牵绊了手脚。其实，很多时候生活的道路就像探险的脚步，前方永远未知，一切全凭勇气和行动。不要让经验和困难束缚了我们意气风发的追求，勇敢尝试，付诸行动，才能梦想成真。

文　黄晶晶

浙　　商

文　马未都

我们今天常羡慕别人的第一桶金，浙江眼镜商的第一桶金很可能就始于双足之下。

记得到阿拉尔的那天夜里，人生地不熟，下车后浮土没鞋，满街的狗像游鱼一般在身边游来游去。

我在困意到来之前忽然看见一个人孤独地在马路上走着。要知道新疆之大在这样漫长的道路上是不可能看见行人的。眼看着迎面而来的行人越来越近，我连呼停车，司机不解地看我一眼说："认识？"我点点头，司机无可奈何地停了车，我冲那人跑去。

他背着一个不算厚的一米长半米宽的盒子，一副长途跋涉的疲惫。我问他："去那儿干什么？"他告诉我："前方，卖眼镜。"我惊讶地问:“谁到这荒郊野外来卖眼镜？”他的回答使我终生难忘,颇为受益:“正因为没人来卖,我才来卖。”

新疆阳光普照,四季刺目。20世纪80年代初,浙江人背着廉价的墨镜走遍了全国各地。今天全国的眼镜市场都是浙江人的天下,打下这天下一定有道理,只是许多局外人看不清而已。我们今天常羡慕别人的第一桶金,浙江眼镜商的第一桶金很可能就始于双足之下。

立志锦囊

千里之行,始于足下。说得多么朴实而中肯、智慧。人不能生活在浮想联翩之中,想要成功,可只是去设想,去假想,去幻想,不抓住机会,迎接挑战,是永远不能美梦成真的。浙商们用智慧的头脑和执著的行动换来了丰硕的果实；我们也能用行动和执著去捕捉最美的风景。

文 黄晶晶

不怕死的科学家

文 蔡文清　代　丽　叶晓彦

道格拉斯教授却强调,正是这种为了科学而敢于牺牲、勇于尝试的探索精神成就了他。

道格拉斯·奥谢罗夫荣获1996年诺贝尔物理学奖,他在演讲中为同学们讲述了这样一个“惊心动魄”的故事:在他11岁那年,一天,父亲把一个汽车的点火装置拿回家,并且告诉他,这个装置可以充

6伏特的电，但是在机器的另一端却可以释放出高达2000伏特的电压。这样一个神奇的装置立刻激起了道格拉斯的那份与生俱来的好奇。

他突发奇想，充入6伏特电就可以释放出2000伏特的电压，如果为它充入600伏特电的话，那将会发生多少不可思议的奇妙变化？这个机器又将会释放出多大的火花？这个大胆的设想把道格拉斯强烈的求知欲一下子提了起来。年小胆大的他真的找来一个600伏特的变压器接到了电源上。

“当时我看到的火花有这么长！”道格拉斯教授用两只手拉开一尺多长的距离，形象地向同学们描述火花的长度和他当时的惊讶，“我的身体正跨在电容器上，火花蹿出的一刹那我就失去了知觉。醒来的时候发现自己躺在另一个房间的地板上。”

说起这段难忘的往事，道格拉斯说他至今还心有余悸：“用不着跟你们说所有的故事，我能活着走过童年，并在今天到这里演讲已经是非常幸运。”

但是，道格拉斯教授却强调，正是这种为了科学而敢于牺牲、勇于尝试的探索精神成就了他。进入康奈尔大学就读之后，他所经历的比童年那次事件更加凶险的境况不计其数，但他从来没有畏惧过，更没有退缩，正是这种精神鼓舞他坚持不懈，勇往直前，并最终一举登上诺贝尔奖台。

立志锦囊

尝试的力量是巨大的，行动的巨人必然成就自己的未来。道格拉斯用勇于尝试的探索精神为自己打开了一扇门，迎来了崭新的天地。理想与现实的矛盾中，谁能抓住尝试的翅膀，付诸行动，谁就能克服一切困难，让生命无怨无悔。

文　黄晶晶

光想不做，理想终究是一句空话。

第5辑 长成一颗珍珠

很久以前，有个养蚌人想培养一颗世界上最大最美的珍珠。他去海边挑选沙粒。因为从沙粒变成珍珠就意味着只能长期与黑暗、潮湿、寒冷、孤寂为伍，所以从早到晚，养蚌人也没有找到一颗愿意变成珍珠的沙粒。就在他几乎绝望的时刻，有一颗沙粒答应了他。斗转星移，几年以后，那颗沙粒长成了一颗晶莹剔透、价值连城的珍珠。而它的那些伙伴们，却依然只是一堆沙粒。

生活历来不是一帆风顺的，当你走过黑暗与苦难的长长隧道之后，或许会惊讶地发现，平凡如沙粒的你，不知不觉中，已长成了一颗珍珠。

机遇为谁准备

文 张小失

我不想赞美困难和痛苦，但假如同样面临一个美好的机遇，越是不幸的人，越有可能早些发现它。机遇大多是为那些倒霉的人准备的。

毕业前上最后一堂社会心理学课，教授将学生们带到生物实验大楼。

教授指着大长桌上的两只玻璃箱：“这是我饲养的白鼠，它们分别喜好栗子和山芋，我每天充足地供应它们，从不耽误。”然后教授将两根粗糙的木棍放进玻璃箱，另一头搭在半空中的篮子上。大家发现篮子里有各种水果、甜品。

教授说：“我的柜子里还有一只白鼠，它饿了整整一周。”他转身将第三只玻璃箱拿出来，里面有一只惊慌失措的白鼠，四处乱窜，一副失魂落魄的样子。教授将玻璃箱放到桌子上，同样拿一根粗糙的木棍将玻璃箱与水果篮连起来。

教授转身端了一盆水。“哗”地将水倒进饿鼠住的玻璃箱。那只饿鼠漂在水上，沿四壁乱窜，但爬不出去；最后，它发现了木棍，游过去，小心翼翼地爬到半空中，停了下来。有女生轻呼：“再上，再上，就有吃的啦！”

教授说：“你催它，它不懂。”教授点燃酒精灯，托在手上，移到饿鼠下方。热空气呼地冲上去，饿鼠一颤，猛地向上蹿……在一阵欢呼声中，饿鼠发现了篮子里的食品，开始大吃特吃。

教授说："好了，实验做完了。你们就要走向社会，一部分人会事业有成，生活安定得像这两只吃山芋和栗子的白鼠；另一部分，则可能会遇到困难，一时难以自拔，而痛苦却不断加深，像这第三只白鼠。我不想赞美困难和痛苦，但假如同样面临一个美好的机遇，越是不幸的人，越有可能早些发现它。机遇大多是为那些倒霉的人准备的。"

立志锦囊

失败的人总说自己倒霉，大多数人都小心翼翼地躲避着失败。但是成功的人生中，失败却永远无法避免。即使你有机会成为吃山芋和栗子的白鼠，失败也会在其他方面如影随形。因此，第三只白鼠大可不必叹息自己的倒霉和失败。从失败中寻找机遇，以失败为契机寻找惊喜，是每个成功者的亲身经历。

文　黄晶晶

面对最困难的问题

文　颜如玉

面对困难，面对挑战，最有效的方法不是回避，不是逃离，更不是放弃，而是直面。

许多人围着一位退休的老船长，听他讲述一生航海过程中的种种奇遇，其中最引人入胜的，是老船长与狂风暴雨搏斗的惊险历程。

谈到大海上不可预测的天气时，有人问老船长："如果你的船行驶在海面上，通过气象报告，预知前方的海面上有一个巨大的暴风圈，正向你的船袭来。请问,以你的经验,你将会如何处置呢?”

老船长微笑着反问发问的人:“如果是你,你又会如何处置呢?”

问者偏着头想了想,回答道:“返航。将船头掉转180度,远离暴风圈。这样应该是最安全的方法吧?”

老船长摇了摇头道:“不行,当你掉头回航,暴风圈还是追向你的船,你这么做,反而将你的船跟暴风圈接触的时间,延长了许多,这是非常危险的。”

另一人忙道:“那,如果将船头向左或向右转90度,试着脱离暴风圈的威胁呢?”

老船长仍是摇摇头,微笑道:“还是不行。如果这样做,船身的整个侧面,就将暴露在暴风的肆虐之下,增加与暴风圈接触的面积,结果更加危险。”

众人不解,问道:“如果这些方法都不行,那究竟应该怎么做呢?”

老船长肯定地说道:“只有一个方法,那就是抓稳你的舵轮,让你的船头不偏不倚地迎向暴风圈继续前进。唯有这样做,才可以将与暴风圈接触的面积化为最小;同时,因为你的船与暴风圈彼此的相对加速度,还可以减少和暴风圈接触的时间。你将会发现,很快地,你已经安然冲过暴风圈,迎接另一片充满阳光的蓝天。”

众人听到这里一阵沉寂,不禁为老船长的智慧所折服。

立志锦囊

面对困难,面对挑战,最有效的方法不是回避,不是逃离,更不是放弃,而是直面。这是老船长告诉我们的人生谜底。艰难、困苦,可以激发斗志,磨炼意志,启迪智慧,让人充满尊严地给生命一个完美的答案。

文 黄晶晶

三文鱼的生命旅程

文 俞敏洪

也许这样做是遗传和基因使然，并不是一种自觉的精神意识。但这一现象在人类看来，依然令人感动，让我们思索和振奋。

当我们在饭桌上品尝美味的三文鱼时，我们也许很少会想到它们令人感动的生命故事。

每过四年的十月份，加拿大佛雷瑟河上游的亚当斯河段，平静的水面就变得沸腾起来，成千上万条三文鱼从太平洋逆流而上，来到这里繁殖后代。银白色鱼身的三文鱼在逆流而上的过程中变成猩红色，整个水面因为有太多的鱼而变成一片红色。

三文鱼的一生令人惊叹！从鱼卵开始——每条雌鱼能够产下大约4000个鱼卵，并想方设法将其藏在卵石底下，但大量的鱼卵还是被其他鱼类和鸟类当做美味吃掉——幸存下来的鱼卵在石头下熬过冬天，发育长成幼鱼。春天来临时，幼鱼便顺流而下，进入淡水湖中，它们将在湖中度过大约一年的时光，然后再顺流而下进入大海。在湖中它们尽管东躲西藏，但大多数幼鱼依然逃不过被捕食的命运，每四条进入湖中的鱼就有三条被吃掉，只有一条能够进入大海。危险并没有停止，进入广袤的大海，也就进入了更加危险的区域。在无边无际的北太平洋中，它们一边努力地长大，一边面对鲸、海豹和其他鱼类的进攻；同时还有更加具有危险性的大量的捕鱼船威胁着它们的生命。整整四年，它们经历无数艰险，才能长成三公斤左右的成熟三文鱼。

成熟之后，一种内在的召唤使得它们开始了回家的旅程。十月初，所有成熟的三文鱼在佛雷瑟河口集结，浩浩荡荡游向它们的出生地。自进入河口开始，它们就不再吃任何东西，全力赶路，逆流而上将会消耗掉它们几乎所有的能量和体力。它们要不断从水面上跃起以闯过一个个急流和险滩，有些鱼跃到了岸上，变成了其他动物的美食；有些鱼在快要到达目的地之前力竭而亡，和它们一起死去的还有它们肚子里的几千个鱼卵。最初雌鱼产下的每四千个鱼卵中，只有两个能够活下来长大并最终回到产卵地。到达产卵地后，它们不顾休息开始成双成对挖坑产卵受精。在产卵受精完毕后，三文鱼精疲力竭双双死去，结束了只为繁殖下一代而进行的死亡之旅。冬天来临，白雪覆盖了大地，整个世界一片静谧，在寂静的河水下面，新的生命开始成长。

三文鱼的一生，充满了危险和悲壮，它们克服种种困难，躲避无数危险，在生命的最后时刻，逆水搏击，回游产卵，为自己的生命画上句号。也许这样做是遗传和基因使然，并不是一种自觉的精神意识。但这一现象在人类看来，依然令人感动，让我们思索和振奋。三文鱼的一生，贯穿着明确的生命主线：成长，不顾各种艰难险阻地成长；经历，不管大海多么不可预测，也要从平静的湖泊游向大海去经历，去完成生命各个阶段的历程；使命，不管遭遇多少险阻都要完成一生的使命，返回出生地来繁衍后代，哪怕以生命为代价。这一生命的主线使得三文鱼的一生变得悲壮。

人类生命的进程中，也应该有非常明确的生命主线，我们应该努力成长，不惜一切代价使生命变得成熟；为了成熟我们应该去经历，经历自然、社会、人文和历史，使我们的生命变得完美；我们更需要使命感，活着不仅仅为了活着而已，我们生活的背后有使命存在，这些使命也许各不相同，但从终极意义上来说，应该是一致的，是为了让我们和我们的后代在更加和谐自然的世界中幸福地生活。也许我们不需要像三文鱼那样以生命为代价，但完成这一使命的精神，却应该比三文鱼的回游产卵更加严肃和不可动摇。

在现实生活中，有太多的人忘记了自己需要成长，变得懒惰、无聊和平庸；有太多的人忘记了应该去经历，变得胆怯、狭隘和固执；有太多的人忘记了自己承担的使命，变得苍白、迷茫和失落。那成千上万的在三文鱼回游的季节来到河边的人们，在观看三文鱼与死神搏斗的同时，是否从它们身上得到一点点感悟，并且重新开始思考自己生命的历程呢?

立志锦囊

正如每条三文鱼都肩负着成长、经历和繁衍后代的使命，我们来到这个世界上，作为一个独立的生命个体，也同样拥有属于自己的使命。我们的使命是什么呢? 在不断的成长中实现和超越自己的梦想，在不同的经历中寻找突破命运、突破自己的出路和希望。

文　黄晶晶

无鳔的鲨鱼

文　牟丕志

亿万年来，我们从未停止过游动，没有停止过抗争，游动抗争成了我们的生存方式，因此，我们自然练就了最强壮的躯体。

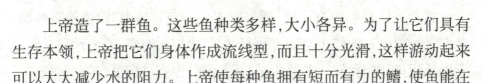

上帝造了一群鱼。这些鱼种类多样，大小各异。为了让它们具有生存本领，上帝把它们身体作成流线型，而且十分光滑，这样游动起来可以大大减少水的阻力。上帝使每种鱼拥有短而有力的鳍，使鱼能在大海中自由自在地游动。

待上帝把这些鱼放到大海中的时候，忽然想起一个问题，鱼们的身体比重大于水，这样，鱼一旦停下来，它就会向海底沉下去，沉到一定深度，就会被水的压力压死。于是，上帝赶紧找到这些鱼，又给了它们一个法宝，那就是鱼鳔。鱼鳔是一个可以自己控制的气囊，鱼可以用增大缩小气囊的办法，来调节沉浮，这样，鱼在海里就轻松多了，有了气囊，它们不但随意沉浮，还可以停在某地来休息，鱼鳔对于鱼来讲，实在是太有用了。

出乎上帝意料的是，他没有找到鲨鱼，鲨鱼是个调皮的家伙，它一入海，便消失得无影无踪，上帝费了好大的劲也没有找到它。上帝想来，这也许是天意。既然找不到鲨鱼，那么只好由它去吧。但这对于鲨鱼来讲实在是太不公平了，由于缺少鳔它很快就会沦为海洋中的弱者，最后被淘汰。为此，上帝感到很悲伤。

亿万年之后，上帝想起来他放到海中的那群鱼，想看看它们现在到底如何，他尤其想知道，当初没有鱼鳔的鲨鱼如今到底怎么样了，是否已经被别的鱼吃光了。

当它将海里的鱼家族都找来的时候，它已经分不清哪些是当初的大鱼小鱼、白鱼黑鱼了。因为，经过亿万年的变化，所有的鱼都变了模样，连当初的影子都找不到了。

面对千姿百态、大大小小的鱼，上帝问："谁是当初的鲨鱼？"这时，一群威猛强壮、神气飞扬的鱼游上前来，它们就是海中的霸王——鲨鱼。

上帝十分惊讶，心想，这怎么可能呢？当初，只有鲨鱼没有鱼鳔，它要比别的鱼多承担多少压力和风险啊，可现在看来，鲨鱼无疑是鱼类中的佼佼者。这到底是怎么回事呢？

鲨鱼说："我们没有鱼鳔，就无时无刻不面对压力，因为没有鱼鳔，我们就一刻也不能停止游动，否则我们就会沉入海底，死无葬身之地。所以，亿万年来，我们从未停止过游动，没有停止过抗争，游动抗争成了我们的生存方式，因此，我们自然练就了最强壮的躯体。正是因为没有鱼鳔，我们才成了海中的霸王。”听完这番话，上帝恍然大悟。

立志锦囊

作为鲨鱼，正因为没有鱼鳔，它们成了海中的霸王；作为人类，正因为经历着艰难的成长历程，我们才能变得坚强、勇敢、智慧而高尚。这是苦难赋予我们的最高的奖赏，这是挫折给予我们最强大的精神力量。

文　毛淑芬

生　命　树

文　刘燕敏

桎梏有时也是人生的一块试金石，在这块试金石下，强者让桎梏在自己的生命中淹没，弱者则让生命在桎梏中枯萎。

某寺院有两棵树，一棵是高大挺拔的银杏，一棵是干朽瘦弱的女贞。它们之间有一根粗黑的单杠，女贞树那端用螺丝和铁箍固定在树干上，银杏这端则直插树中，写有“生命树”的一块牌子挂在银杏树上。

原来，20世纪60年代，这个寺院曾被接管过，所有的房舍都被改成了囚室，专门关押那些被打倒的人。据说在这儿关押过的人很少有活着出去的，因为这个地方的改造力度比其他地方都大。然而，有一个人，虽在这儿蹲了12年监狱，却是站着出去的，这个人就是这个市的老市长。

起初，人们都以为他是因为对正义充满信念才活下来的，然而在非正式场合，他总是说，是一棵树救了他，这棵树就是寺院的那棵银杏。

他进来的时候，那棵树有茶杯那么粗，正对着囚室的窗口。有一天，看管他的人在这棵树与女贞树之间架了一根系沙袋用的单杠。起初铁箍是紧紧勒在银杏树上的，第二年树长粗了就勒出一道沟，3年后一半的铁箍勒进了树里。已被囚禁了近4年且经常挨打和被批斗的老市长正被折磨得万念俱灰，他看到这圈铁箍，心想明年这棵树的生命也许就要结束了。

然而，就在第五年的春天到来时，那棵银杏树不仅生命没有结束，而且还把那个铁箍完全吞了进去。后来，老市长回忆说，面对此情此景，他也开始能平静地对待囚禁中的生活了。

在人的一生中，有时会遇到一些令人难以忍受的事情，它们不是贫困，也不是疾病，而是外界强加给你的一种桎梏，这种桎梏有时是偏见和歧视，有时是打击和嘲讽，有时是压迫和摧残，它们像勒在树上的铁箍一样紧紧地勒住你，挥之不去。面对这种遭遇，人最容易心灰意冷，最容易失去信念，最容易厌弃生命。然而，你不能否认，这种桎梏有时也是人生的一块试金石，在这块试金石下，强者让桎梏在自己的生命中淹没，弱者则让生命在桎梏中枯萎。

立志锦囊

不管是偏见和歧视，或是讽刺和打击，甚至是压迫和摧残，既能变成我们命运的万丈深渊，也能成为催促我们自我成长和自我发展的催化剂，关键看我们如何面对。直面苦难，升腾理想，用奋进的脚步擂响进步的鼓点，用执著的精神吹响希望的号角，成功就在前方。

文 毛淑芬

火把决定的人生

文　婴　儿

这个世界上很多事情就是这样，许多人，身处黑暗，身处困境，但他磕磕绊绊，最终竟走向了成功，这是因为他们思索，他们奋斗拼搏，他们在寻找着生路。

一个富商在翻越一座山时，不幸遇到一个拦路抢劫的山匪，于是，他立即逃命。富商在前面跑，可山匪呢，也毫不放弃，穷追不舍，商人走投无路，一头钻进了一个山洞。山匪自以为里面的路比商人熟，也钻了进去。

终于，在山洞的深处，直追而来的山匪把商人抓住并将他毒打一顿之后，掠走了商人身上所有的钱财和夜间照明的火把。

因为山洞在大山深处，洞中有洞，纵横交错，置身于洞中就仿佛置身于地下迷宫。山匪庆幸自己抢来了钱财和火把。于是，他点燃了火把，准备出洞。火把的亮光照亮了洞中的道路，给山匪的行走带来了很多方便，他也因此不会碰壁，也不会被绊倒，又能不停地向前走。但奇怪的是，他怎么走也走不出这个山洞。虽然抢到了钱财，也有了火把为他照明，但他终究还是死在山洞里。

当被抢的商人清醒过来，理清思路，想要往外走的时候，才发现失去了火把。没有火把照明，他只好在黑暗中摸索着前进，由于置身黑暗，他的眼睛能够很敏锐地感受到洞口透进来的微微的光亮，他迎合着摸索着，最终逃离了山洞，逃出了黑暗。

没有火把照明的人最终走出了黑暗，而有火把照明的人却葬身于黑暗之中。

这个世界上很多事情就是这样，许多人，身处黑暗，身处困境，虽然他磕磕绊绊，但最终走向了成功，这是因为他们思索，他们奋斗拼搏，他们在寻找着生路。在极端艰苦的条件下，他们学会了克服，学会了发现，可是有些人呢？往往被眼前的光明迷失了前进的方向，最后，终生都与成功无缘。

立志锦囊

没有火把的商人在黑暗的山洞中，可谓困难重重。但困难又何妨？只要怀着一颗不轻言放弃、积极进取的心灵，只要用智慧的眼睛去发现逆境中存在的机遇，我们就能变逆境为坦途，在逆境中寻求奇迹，找到飞跃前行的大门。

文 毛淑芬

在梦想中起飞

文 刘东伟

她将幼时曾经带给她梦想的庄园买了回来，并亲自在庄园前面的石头上题了两行字：不在梦想中跌落，就在梦想中起飞。

一个阳光融融的上午，塞尔玛的祖母推着她，来到莫尔巴卡庄园外。塞尔玛出生于瑞典一个贵族家庭，3岁时，她患了小儿麻痹症，所以她的童年是在轮椅上度过的。对于幼小的塞尔玛来说，祖母是她的生命支柱。祖母天天陪伴着她，教她阅读，给她讲故事。

远处，碧绿的田野上空，有一只鸟儿一边飞，一边欢快地鸣叫着。塞尔玛看得痴了，双手伸张，仿佛自己也拥有了一对翅膀。很快，祖母发现，塞尔玛的神色忧郁起来。

塞尔玛轻轻地问祖母："我还能站起来吗？"

祖母说："会的，只要你拥有了翅膀，就会像鸟儿一样飞翔。"

塞尔玛转头看着祖母，问："可是，我的翅膀在哪儿？"

祖母说："梦想，梦想就是一对翅膀。"

从此，塞尔玛开始阅读大量的经典名著。那些大作家笔下的人物，一个个深深地印在她的脑海里。她试着拿起笔，在轮椅上写作。但是，她写的东西充满了幻想，离现实太遥远。一次，在庄园外的小路上，塞尔玛听到有人讽刺她的小说时，将笔远远地扔了出去。她痛苦地说："作家都是有生活体验的，可我一点生活阅历也没有。"祖母赶紧劝慰她道："你虽然很少出去，但我就是你的双腿，我的生活阅历不都说给你听了吗？"

祖母的话燃起了塞尔玛创作的欲望。她开始了创作的梦想之旅，用了半年时间，写了一部冒险作品。等祖母全部看完，她问："有没有希望呢？"祖母笑着说："我看希望很大。"塞尔玛非常高兴，她委托父亲将书稿送到一家出版社去。

那家出版社的社长是塞尔玛父亲的战友。父亲微笑着说："我的战友已经看了部分书稿。""他怎么说？"塞尔玛赶紧问。父亲说："希望很大。"

但是，等了几个月，塞尔玛的书稿一点消息也没有。一天，塞尔玛让祖母推着她去了那家出版社。有一个和父亲差不多年岁的中年人，正坐在靠窗的位置，翻看着一部新出的书。塞尔玛走进去，问："我叫塞尔玛，几个月前，我委托我的父亲，也就是您的战友带了一部书稿来，不知它现在的命运如何？"

社长说："是有这么一部书稿，但是，在你父亲递给我的那天，我就退还给了他，因为它完全达不到我们的要求。我建议你看看这位印第安人的冒险传说吧。"说着,社长把手中的新书送给她。

回来的路上,祖母担心塞尔玛的心情受到了影响,不住地劝着她。但是,很快,祖母发现塞尔玛的注意力被那本探险书吸引住了。整整3个月的时间里,塞尔玛将那本书读了一遍又一遍,这本书激起了塞尔玛的创作激情。

为了给塞尔玛看病,家里耗费了大量的金钱,经济状况一年不如一年。终于,在塞尔玛23岁这年,家里不得不变卖庄园。就在庄园出卖的那天,塞尔玛离开了家乡外出求学。这时候,她的双脚经过不断治疗,已经可以像常人一样行走了。走出庄园,塞尔玛回头深望一眼,默默地说:"我会戴着光环回来的。"

24岁时,塞尔玛考入罗威尔女子师范学院。毕业后,她一边教书,一边写作。33岁时,她的第一部小说《贝林的故事》问世后,受到了文学评论家斯兰兑诺的肯定。之后,塞尔玛一发不可收拾,先后创作了《假基督的奇迹》、《一座贵族庄园的传说》、《孔阿海拉皇后》、《耶路撒冷》、《尼尔斯骑鹅旅行记》等作品。

1907年,塞尔玛被瑞典乌普萨拉大学授予荣誉博士头衔。1909年,塞尔玛荣获诺贝尔文学奖。1914年,塞尔玛被瑞典学院选为院士后,她拿出一笔巨款,她将幼时曾经带给她梦想的庄园买了回来,并亲自在庄园前面的石头上题了两行字:不在梦想中跌落,就在梦想中起飞。

立志锦囊

梦想,就是翅膀。塞尔玛的祖母一语道破了梦想之于人类的力量。心怀梦想的人永远活在两个世界,一个是千篇一律的现实世界,而另一个则是奇趣横溢的梦想世界。只要怀着梦想,心就不会老去,生活就会多出许多希望和光亮。不轻言放弃,让梦想在心灵的窗口叮当作响。

文 毛淑芬

命 运

文 王宗宽

威尔逊先生用力推开盲人的手，举起了手中一支精致的棕榈手杖，平静地说：“你知道吗？我也是一个瞎子。你相信命运，可是我不信。

威尔逊先生是一位成功的商业家，他从一个普普通通的事务所小职员做起，经过多年的奋斗，终于拥有了自己的公司、办公楼，并且受到了人们的尊敬。

这一天，威尔逊先生从他的办公楼走出来。刚走到街上，就听见身后传来“嗒嗒嗒”的声音，那是盲人用破竹竿敲打地面发出的声响。威尔逊先生愣了一下，缓缓地转过身。

那盲人感觉到前面有人，连忙打起精神，上前说道：“尊敬的先生，您一定发现我是一个可怜的盲人，能不能占用您一点点时间呢？”

威尔逊先生说：“我还要去会见一个重要的客户，你要说什么就快说吧。”

盲人在一个包里摸索了半天，掏出一个打火机，放到威尔逊先生的手里，说：“先生，这个打火机只卖1美元，这可是最好的打火机啊。”

威尔逊先生听了，叹口气，把手伸进西服口袋，掏出一张钞票递给盲人：“我不抽烟，但我愿意帮助你。这个打火机，也许我可以送给开电梯的小伙子。”

盲人用手摸了一下那张钞票，竟然是100美元！他用颤抖的手反复抚摩这钱，嘴里连连感激着：“您是我遇见过的最慷慨的先生！仁慈的富人啊，我为您祈祷！上帝保佑您！”

威尔逊先生笑了笑，正准备走，盲人拉住他，又喋喋不休地说：“您不知道，我并不是一生下来就瞎的。都是23年前布尔顿的那次事故！太可怕了！”

威尔逊先生一震，问道；“你是在那次化工厂爆炸中失明的吗？”

盲人仿佛遇见了知音，兴奋得连连点头：“是啊是啊，您也知道？这也难怪，那次光炸死的人就有93个，伤的人有好几百，可是头条新闻哪！”

盲人想用自己的遭遇打动对方，争取多得到一些钱，他可怜巴巴地说了下去：“我真可怜啊！到处流浪，孤苦伶仃，吃了上顿没下顿，死了都没人知道！”他越说越激动，“您不知道当时的情况，火一下子冒了出来！仿佛是从地狱中冒出来的！逃命的人群都挤在一起，我好不容易冲到门口，可一个大个子在我身后大喊：‘让我先出去！我还年轻，我不想死！’他把我推倒了，踩着我的身体跑了出去！我失去了知觉，等我醒来，就成了瞎子，命运真不公平呀！”

威尔逊先生冷冷地说：“事实恐怕不是这样吧？你说反了。”

盲人一惊，用空洞的眼睛呆呆地对着威尔逊先生。

威尔逊先生一字一顿地说：“我当时也在布尔顿化工厂当工人。是你从我的身上踏过去的！你长得比我高大，你说的那句话，我永远都忘不了！”

盲人站了好长时间，突然一把抓住威尔逊先生，爆发出一阵大笑：“这就是命运啊！不公平的命运！你在里面，现在出人头地了，我跑了出去，却成了一个没有用的瞎子！”

威尔逊先生用力推开盲人的手，举起了手中一支精致的棕榈手杖，平静地说：“你知道吗？我也是一个瞎子。你相信命运，可是我不信。”

立志锦囊

同一个事故为两个人带来了同样的身体创伤，但却没有带来同样的人生结局。威尔逊先生在厄运降临后仍然勇敢顽强的拼搏着，并最终获得成功。厄运是怯弱者的挡箭牌，但却被强者视为迈向成功的基石。也许我们生活中的小挫折并不能和威尔逊先生遭遇的厄运相比，但是这同样都需要我们用勇气和坚毅来战胜它。

文　郭孜求

生命在两极之间移动

文　江　雪

在两极之间，寻找一个平衡点，其实是人生中的一种考验。

有一个农夫，他有一块贫瘠的农田。他抱怨着："如果神让我来控制天气，一切事情都会变得更好，因为——很显然，神不是很懂得农作物需要的天气。"

神对他说："我会给你一年的时间让你控制天气，你想要什么天气，就可以有什么天气。"这个可怜的人非常高兴，马上试着说："我现在要晴天。"然后太阳就出来了，后来他又说，"下雨吧！"然后就下雨了。

这一整年他就这样先让阳光出现，然后再下雨。种子越长越大，看着农作物的成长变成了一种快乐。他很得意地说："现在神可以了解如何控制天气了吧！"这些农作物的叶子从来没有那么大、颜色绿得那么深。

然后丰收的时候到了。农夫带着他的镰刀去收割小麦，但是他的心沉到了谷底，因为小麦的茎上面什么都没有。神去找他："你的农作物怎样了？"

这个人开始抱怨："很惨，我的主啊，非常惨！"

"但是你不是如愿以偿控制天气了吗？"

"你想要的东西不是都变得很好吗？"

"当然！这就是我困惑的地方，我得到了我想要的雨水与阳光，但是还是没有收成。"

然后神对他说："但是你从来没有要求风、暴雨、冰雪以及每一件会净化空气与让根更坚硬、更有抵抗力的东西，那就是长不出果实的理由。"

只有经历挑战才可能有生命的果实。只有当你拥有好天气与坏天气、喜悦与痛苦、冬天与夏天、沮丧与快乐、不适与舒服才可能有生命的果实。生命在这两极之间移动。在这两极之间，你就学到了如何保持平衡。在这两只翅膀间，你就学到了如何去生活。我想不只这一件事必须找到平衡，还有很多事情也是一样的。在两极之间，寻找一个平衡点，其实是人生中的一种考验。

立志锦囊

竞选班干部落选、考试失利、朋友误会……生活中也许有太多的遭遇和挫折，让人心灰意冷，让人麻木自卑。但我们都应该记住，活着绝不是为了卑微地屈从命运，而是为了勇敢地征服困难。从挫折中吸取力量，从遭遇中学会超脱，从失败中寻找信心，我们才会如庄稼一样茁壮成长，结出胜利的果实。

文 郭月霞

鲤鱼跳龙门

文　凡　夫

真正的龙门是不能降低的。你们要想找到真龙的感觉，还是去跳那座没有降低高度的龙门吧！

鲤鱼们都想跳过龙门。因为，只要跳过龙门，它们就会从普普通通的鱼变成威力无穷的龙了。

可是，龙门太高，它们一个个累得筋疲力尽，摔得鼻青脸肿，却没有一个能跳过去的。

于是，它们一起向龙王发出请求，让龙王把龙门降低一些。龙王不答应，鲤鱼们就跪在龙王面前不起来。它们跪了九九八十一天，龙王终于答应了它们的请求。鲤鱼们一个个轻轻松松地跳过了龙门，他们为自己这么容易就变成了龙而兴高采烈。

不久，变成龙的鲤鱼们发现，大家都成了龙，跟大家都不是龙的时候好像并没有什么两样。于是，它们又一起找到龙王，说出了自己心中的感受。

龙王笑道："真正的龙门是不能降低的。你们要想找到真龙的感觉，还是去跳那座没有降低高度的龙门吧！"

立志锦囊

鲤鱼没有经历挑战与征服，就永远无法体会到壮丽的人生。生活就是这样神奇，我们越是惧怕挫折，反而却更需要挫折。因为挫

折能让人在拼搏与冒险中体会挑战，会征服，体会拼搏与进取，从而感受到辉煌的进取和永不衰竭的生命力。生命就是这样，热爱生命，就拥抱挫折吧，热爱生命，就迎接苦难吧，它会让你的人生更加灿烂辉煌。

文 郭月霞

“不幸”的成功

文 胥加山

原来阻碍我们走向成功的绊脚石不是“不幸”本身，而是把“不幸”当做听从命运安排、自暴自弃的心态。

有两个商人，一个叫麦加，一个叫麦士。他们一前一后患上白内障，视力严重受损，甚至不能阅读、写作和驾驶。疾病令他们十分沮丧。麦加自患上白内障后心情变得暴躁，时常骂天喊地、酗酒嗜烟，不足半年他双眼完全失明了，再后来他因一次酗酒而亡命。麦士则更加担心无业为继，他不忍看着妻儿与自己一起挨饿。幸而转念之间，他深深体会到视力不良者的不便和需要，慢慢研究出一种特别印制的书籍，为他带来了丰厚的利润。

麦士说：“印刷术发明以来，除了依然是把字印在纸张上外，一切已经改变，我决定要寻找出一种较容易阅读字体的方法，也算是对社会的一点贡献。”麦士的视力不好，便尽量不在晚上工作，经过差不多一年的研究，麦士发现，在纸上印有粗线条的斜纹字体不但对视力有故障的人大有帮助，也能提高一般人的阅读速度。于是麦士把自己仅有的1.5万元存款从银行提取出来，把这组新研究出来的字体整理妥当，计划全面推广。麦士在加州自设印刷厂，第一部特别印制而成的书，不是什么文学巨著，乃是全球销售量之冠的《圣经》。无疑，这种宣传极具号召力，一个月内，麦士接到订购70万本《圣经》的订单……

原来阻碍我们走向成功的绊脚石不是“不幸”本身，而是把“不幸”当做听从命运安排、自暴自弃的心态。

“不幸”也能成为创业的机会，关键在于不把它当做不幸。

立志锦囊

“宝剑锋从磨砺出，梅花香自苦寒来。”不幸，有时也是幸运；挫折，有时也是机遇。麦士没有迷失在不幸的自怜中，而是用智慧和勇气赢得了自己的人生。不幸和挫折就像是坚韧的石头，如果能不停地摩擦，我们便能用它们擦出希望的火光，点亮理想的灯盏，让我们在前行中无往不胜。

文　郭月霞

长成一颗珍珠

文　左克平

如果说世上有“点石成金术”的话，那就是“艰难困苦”了。这可是人生的至宝啊！

很久很久以前，有一个养蚌人，他想培养一颗世上最大最美的珍珠。他去海边沙滩上挑选沙粒，并且一颗一颗地问那些沙粒，愿不愿

意变成珍珠。那些沙粒一颗一颗都摇头说不愿意。养蚌人从清晨问到黄昏，他都快要绝望了。

就在这时，有一颗沙粒答应了他。

旁边的沙粒都嘲笑起那颗沙粒，说它太傻，去蚌壳里住，远离亲人朋友，见不到阳光、雨露、明月、清风，甚至还缺少空气，只能与黑暗、潮湿、寒冷、孤寂为伍，不值得。

可那颗沙粒还是无怨无悔地随着养蚌人去了。

斗转星移，几年过去了，那颗沙粒已长成了一颗晶莹剔透、价值连城的珍珠，而曾经嘲笑它傻的那些伙伴们，却依然只是一堆沙粒。

如果说世上有“点石成金术”的话，那就是“艰难困苦”了。这可是人生的至宝啊！你忍耐着、坚持着，当走过黑暗与苦难的长长隧道之后，你或许会惊讶地发现，平凡如沙粒的你，不知不觉中，已长成了一颗珍珠。

立志锦囊

还记得孟子的话吗？“天将降大任于斯人也，必先苦其心志，劳其筋骨，饿其体肤，空乏其身，行拂乱其所为。”变成珍珠的沙粒所经历的不正是这些吗？苦难磨炼人的意志，让人增强毅力，增长才干，激发潜能。只有经历过艰难困苦和挫折的人，才会真正体会到：活着需要苦难和挫折，苦难和挫折就是生命。

文 郭月霞

渔王的儿子

文 阿 智

对于才能来说，没有教训与没有经验一样，都不能使人成大器！

有个渔人有着一流的捕鱼技术，被人们尊称为“渔王”。然而“渔王”年老的时候非常苦恼，因为他3个儿子的渔技都很平庸。

于是他经常向人诉说心中的苦恼：“我真不明白，我捕鱼的技术这么好，我的儿子们为什么这么差？我从他们懂事起就传授捕鱼技术给他们，从最基本的东西教起，告诉他们怎样织网最容易捕捉到鱼，怎样划船最不会惊动鱼，怎样下网最容易请鱼入瓮。他们长大了，我又教他们怎样识潮汐，辨鱼汛……凡是我长年辛辛苦苦总结出来的经验，我都毫无保留地传授给了他们，可他们的捕鱼技术竟然赶不上技术比我差的渔民的儿子！”

一位路人听了他的诉说后，问：“你一直手把手地教他们吗？”

“是的，为了让他们得到一流的捕鱼技术，我教得很仔细很耐心。”

“他们一直跟随着你吗？”

“是的，为了让他们少走弯路，我一直让他们跟着我学。”

路人说：“这样说来，你的错误就很明显了。你只传授给了他们技术，却没传授给他们教训，对于才能来说，没有教训与没有经验一样，都不能使人成大器！”

立志锦囊

渔人的经历告诉我们:教训对一个人的成长至关重要。而教训从哪儿来呢?教训从挫折中来,从苦难中来,从一次次跌倒再爬起的过程中来。因此,人生不能没有挫折,不能没有苦难。只有经历了正视苦难的理直气壮,战胜苦难的殚精竭虑,才能体会生命的真正意义。

文 郭月霞

当生命濒临绝境

文 苇 笛

可以说,正是磨难,成就了世间珍贵的物品。我们的人生,何尝不是如此呢?

小男孩刘洋很不幸,因为患有先天性语言障碍,7岁的他不曾说过一句话。尽管父母带着他辗转求医,却一直没有什么效果。

生活的重压使母亲不堪承受,她在2007年3月的一天带着自己的衣物从家里不辞而别。母亲的离去,彻底击碎了父亲的信心。绝望的父亲觉得自己再也活不下去了,他决定带着儿子离开这个世界。

2007年3月13日中午,在重庆石坪桥的一间出租屋内,父亲将农药倒在杯子里,要刘洋喝下去。就在那一刻,奇迹发生了,从不曾说话的刘洋哭叫着:“爸爸……我想……活下去!”刘洋的话惊呆了父亲也惊醒了父亲,他扔掉杯子,将刘洋紧紧地搂在了怀里……

当死亡的阴影直逼眼前时,小小的刘洋竟然突破了先天性的语言障碍,对父亲、对世界喊出了自己的心声:“我要活下去!”

刘洋的举动让我们看到了蕴藏在一个生命中的巨大潜能,这种潜能具体有多大,谁也无法说清,但它一旦爆发,随之而来的必然是奇迹。

英国人梅尔龙19岁那年,被流弹打中背部下半截,经治疗后虽逐渐恢复健康,却无法行走,只能靠轮椅代步。这种状况,一直持续了12年。有一天,他从酒馆出来后,照常坐着轮椅回家。不幸的是,他遇到了劫匪抢他的钱包。他的叫喊与抵抗触怒了劫匪,他们竟然放火烧他的轮椅。眼看着轮椅着了火,急于逃生的梅尔龙忘了自己的残疾,起身离开轮椅拼命奔跑,竟然一口气跑完一条街……

若不是遭遇抢劫,梅尔龙的一生或许都要在轮椅上度过。可一旦濒临绝境,求生的本能使梅尔龙的潜能最大限度地发挥出来。而他也从一个残疾人变得健步如飞。

如此看来,濒临绝境非但不是命运的残酷,反而是命运对一个生命的巨大恩赐。

平常的日子里,我们总渴望过一种安宁的生活,一旦遭遇磨难,便会本能地心生抱怨,抱怨命运的不公与残酷。可实际上,正如濒临绝境是命运的恩赐一样,磨难也是命运给予众生的一份厚礼啊!看看吧,普通的水因为高压而成了壮观的喷泉,柔软的泥因为高温而成了坚硬的砖头,平凡的铁因为千锤百炼而成了锋利的宝剑……可以说,正是磨难,成就了世间珍贵的物品。我们的人生,何尝不是如此呢?

漫长的一生中,我们也许不会濒临死亡的绝境,但我们一定会遭遇一场又一场的磨难:下岗了,生病了,遭遇情感的背叛了……每一场磨难都是人生中的一次挑战,而每一次挑战都会激发出我们巨大的潜能。我们的人生,因磨难而不断升华。岁月的土壤里,磨难正是最肥沃的养料,我们的生命之树因之而郁郁葱葱。

立志锦囊

“人生逆境十之八九，顺境十之一二。”生活道路不可能完全都是坦途，谁都可能遇到无奈的遭遇，甚至是人生的绝境。绝境不仅仅是一场磨难，更是一种对生命的觉悟和升华，对生活的一次超越和感悟。小男孩刘洋和梅尔龙的故事都让我们深深叹服绝境的伟大，因为它能为生命创造一个个奇迹。

文 郭月霞

第6辑 还有一个苹果

一位独自穿行大漠的旅行者在沙暴中迷失了方向，干粮包也不见了，只剩下衣服口袋里一个小小的青苹果。他攥着那个苹果，深一脚浅一脚地在大漠里寻找着出路。每当自己快要支撑不住的时候，他都对自己说：“我还有一个苹果，我还有一个苹果……”三天后，他终于走出了大漠。可那个青苹果他始终未曾咬过一口。

在生命的旅途中，我们常常会遭遇各种挫折和失败。这时，不要轻言放弃，只要心头的信念不灭，握紧那个“青苹果”，就没有穿不过的风雨、涉不过的坎坷。

谷仓里的金表

文 佚 名

有时候，在困顿中寻找出路，需要我们的耐心和冷静，让世界安静下来，才能听到内心的声音，找到方向。

一个农场主在巡视谷仓时不慎将一块名贵的金表遗失在谷仓里。他遍寻不获，便在农场门口贴了一张告示，要人们帮忙，悬赏100美元。

人们面对重赏诱惑，无不卖力地四处翻找，无奈谷仓内谷粒成山，还有成捆成捆的稻草，要想在其中找寻一块金表如同大海捞针。

人们忙到太阳下山仍没找到金表，他们不是抱怨金表太小，就是抱怨谷仓太大、稻草太多，一个个放弃了100美元的诱惑。只有一个穷人家的小孩儿在众人离开之后仍不死心，努力寻找，他已整整一天没吃饭了，希望在天黑之前找到金表，解决一家人的吃饭困难。

天越来越黑，小孩儿在谷仓内坚持寻找。突然他发现一切喧闹静下来后有一个奇特的声音，那声音“滴答，滴答”不停地响着。小孩儿顿时停止寻找。谷仓内更加安静，滴答声响得十分清晰。小孩儿寻声找到了金表，最终得到了100美元。

立志锦囊

有时候，在困顿中寻找出路，需要我们的耐心和冷静，让世界安静下来，才能听到内心的声音，找到方向。喧闹的抱怨声结束后，小

孩儿在智慧的冷静中找到了金表。只要坚定自己的信念，把旁人的断言放在一边，我们就能有自己新的发现。

文　王　蕴

绿手指

文　毕淑敏

有一天早晨，她来到花园，看到一朵金盏花，开得奇特灿烂。它不是近乎白色，也不是很像白色，是如银如雪的纯白。

美国某小镇，有一位老奶奶，长着“绿手指”。千万别以为她是个妖怪或有什么特异，这是当地人对好园丁的称赞。

一天，老人在报上看到一条消息，园艺所重金悬赏纯白金盏花。老奶奶想：金盏花，除了金色，就是棕色。白色的？不可思议。不过，我为什么不试试呢？

她对8个儿女讲了，遭到一致反对。大家说，你根本不懂种子遗传学，专家都不能完成的事，你这么大的年纪了，怎么可能呢？

老奶奶决心一个人干下去。她撒下金盏花的种子，精心侍弄。金盏花开了，全是橘黄的。老奶奶在中间挑选了一朵颜色最淡的花，任其自然枯萎，以取得最好的种子，第二年把它们栽种下去。然后，再从花朵中挑选颜色最淡的种子栽种……一年又一年，春种秋收循环往复，老奶奶从不沮丧怀疑，一直坚持。儿女远走了，丈夫去世了，生活中发生了很多的事，老奶奶处理完这些事之后，依然满怀信心地栽种金盏花……

20年过去了。有一天早晨，她来到花园，看到一朵金盏花，开得奇特灿烂。它不是近乎白色，也不是很像白色，是如银如雪的纯白。

她把100粒种子寄给了那家20年前悬赏的机构。她甚至不知道这则启事还是否有效，在这漫长的岁月里，是否早就有人培育出了纯白金盏花。

等待的日子长达一年，因为人们要用那些种子验证。终于，园艺所所长打电话给老奶奶说，我们看到了您的花，它是雪白的。因为年代久远，奖金不再兑现，您还有什么要求吗？

老奶奶对着听筒小声说，只想问一问，你们可还要黑色的金盏花？我能种出来……

黑色的金盏花至今没开放，因为老奶奶去世了，世人再没有了这种笨笨的坚持。

但愿你我还能长出新的绿手指。

立志锦囊

为了梦想，为了希望，哪怕付出一生的代价，也要奋斗、向前，仿佛有着无穷的动力——这大概就是执著。执著改变了生命，执著创造了奇迹，执著让老奶奶用20年的时间去培育雪白的金盏花，执著让美丽的希望在每个孩子的梦中光荣绽放。

文 王 蕴

永不放弃

文 王永改

天才总是例外，天赋也和多数人无缘，然而，勤奋和坚持却是每个人都可以凭自己的努力能做到的。

独揽8金！有人说在陆地上，他是一个不完美的普通人，然而在水里，他却是一艘完美的快艇。他就是在北京奥运会上一人鲸吞8金、被誉为“神奇飞鱼”的美国游泳选手菲尔普斯。这位23岁的美国大男孩儿不仅打破了前辈马克·施皮茨在1972年慕尼黑奥运会上创造的单届7枚金牌的历史纪录，更缔造了一个游泳史上几乎无法逾越的神话！

菲尔普斯曾说过：“在我的词典里，没有什么事情是不可能的。头脑控制一切，意志决定一切！”小时候的菲尔普斯曾梦想“变成一条鱼”，因为那里没有烦恼和争吵。在教练鲍曼的回忆中，菲尔普斯从小就表现出了游泳天赋。7岁时，他的父母离异，这让他变得不爱和别的孩子交流。在抑郁、单调的4年生活之后，他的游泳天分终于被美国著名游泳教练鲍勃·鲍曼发现。在师徒相处的日子中，最让鲍曼难以忘怀的是，虽然菲尔普斯患有注意力缺陷多动症，而且家庭也处于麻烦中，但菲尔普斯却在最困难的时期，每周在泳池游10万米，一周7天从不间断。菲尔普斯没有了感恩节、圣诞节，更没有了休息日，每天都是训练日。2000年悉尼奥运会上，年仅15岁的菲尔普斯第一次参加奥运会，最终只获得200米蝶泳第5名。年轻的菲尔普斯发誓，在雅典奥运会上，一定让所有人都大吃一惊！整整4年，每天清晨5点30分，他就会被闹钟吵醒，尽管心里有100个声音在说：不起床，今天我要睡个够。但只要想起“雅典”这两个字，他就会立即掀开暖和的被窝，背起行囊，冲进刺骨的冷水池中。2004年雅典奥运会上，19岁的菲尔普斯没有辜负众人的期望。他一人独得6枚金牌。2008年奥运会，他更是把这种神奇缔造成了传奇！菲尔普斯之所以创造了历史，和他永不放弃的竞争精神有很大关系。

在北京奥运会上，还有很多像菲尔普斯一样永不放弃的英雄，印度奥运史上第一枚个人项目金牌得主、北京奥运会男子10米气步枪冠军宾德拉同样经历坎坷。作为一名业余射击爱好者，宾德拉参加了2000年悉尼奥运会，他没有通过第一轮。2004年雅典奥运会，他最终名列第7名。北京奥运会，他终于取得了印度代表团一个载入史册的“零的突破”。谈及获胜感受，他只是淡淡地说：“没有特殊的秘诀，我只是每天坚持训练。”

菲尔普斯的传奇，几乎难以复制，但至少我们都可以像他那样去努力、去奋斗。他和许多成功的运动员一样，是靠坚持不懈的训练才达到了辉煌的顶峰。他也曾有过放弃的念头，但教练让他懂得：“这是存钱，到了年底你就拥有一大笔钱。”菲尔普斯训练中的艰辛大概也只有家人最清楚，据悉，为了达到最佳训练效果，菲尔普斯要在低氧的环境中睡觉，为了防止他缺氧昏迷，他的母亲每隔一个小时就要叫醒他一次。天才总是例外，天赋也和多数人无缘，然而，勤奋和坚持却是每个人都可以凭自己的努力能做到的。

立志锦囊

这个世界因为有了“放弃”这两个字，少了太多成功的奇迹，多了太多平庸的个体。为了美好的梦想，为了坚定的志向，菲尔普斯变成了一条鱼，一条勤奋坚定的鱼；如果我们也删除了字典中的“放弃”，生命会有如何的改变，命运会出现怎样的转机？人生的悲剧就在于轻易放弃，甘于平庸。

文 王 蕴

坚持的力量

文 马 跃

许多成功者，他们与失败者的区别，往往不是机遇或是更聪明的头脑，只在于成功者多坚持了一刻。

人们是怎样从米的白、高粱的红、葡萄的紫里发现了酒的透明和清醇的?

传说有两个人偶然与神仙邂逅，神仙授他们酿酒之法，叫他们选端阳那天饱满起来的米，冰雪初融时高山流泉的水，调和了，注入深幽无人处千年紫砂土铸成的陶瓮，再用初夏第一张看见朝阳的新荷覆紧，密闭49天，直到鸡叫三遍方可启封。

像每一个传说里的英雄一样，他们历尽千辛万苦，找齐了所有的材料，把梦想一起调和密封，然后潜心等待那个时刻。

多么漫长的等待啊。第四十九天到了，两人整夜都不能寐，等着鸡鸣的声音。远远地，传来了第一声鸡鸣，过了很久，依稀响起了第二声。第三遍鸡鸣到底什么时候才会来? 其中一个再也忍不住了，他打开了他的陶瓮，惊呆了，里面的一汪水，像醋一样酸。大错已经铸成，不可挽回，他失望地把它洒在了地上。

另外一个，虽然也是按捺不住想要伸手，却还是咬着牙，坚持到了三遍鸡鸣响彻天空。多么甘甜清澈的酒啊！只是多等了一刻而已。从此，“酒”与“洒”的区别，就只在那看似非常普通的一横。

许多成功者，他们与失败者的区别，往往不是机遇或是更聪明的头脑，只在于成功者多坚持了一刻——有时是一年，有时是一天，有时，仅仅只是一遍鸡鸣。

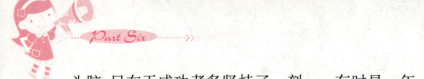

立志锦囊

因为坚持努力不放弃，太阳才冲过重重雾霭，放射万丈光芒；因为坚持努力不放弃，小草才不顾渺小连成一片，成了绿满人间的芳草地……坚持的力量就像神奇的咒语，划分出了成功与失败的界限。坚持执著，永不放弃，我们的人生也会因此而充满奇迹。

文 王 蕴

敌我之间

文 兴 云

这时，父亲再也坚持不住了，一屁股坐到了地上。其实，父亲的枪里也没有子弹了。

父亲是一名老战士。20世纪50年代初，在一次剿匪中，父亲和战友们走散了。黄昏，父亲从一块巨岩后走出来，迎面撞上了一个国民党残匪。父亲和匪徒几乎同时端起步枪指向了对方。

父亲明白，要想保住性命，必须有一方投降。

双方对峙着，目光对着目光，枪口对着枪口，意志对着意志，一直对峙着。

当时父亲已经有三天没吃东西了，加上连日的疲惫奔波，他明白自己渐渐体力不支。但是，有一个念头一直在支撑着他：必须有一方投降，而投降的决不能是自己。

看上去匪徒的精神并不比父亲强多少：邋遢而破烂的黄皮军装快要辨认不出颜色了，双目无光，惊恐的面部蜡黄蜡黄的，十足的惊弓之鸟。

父亲端起枪，山一般的身躯矗立着，威严而坚毅的目光直逼匪徒。

半个小时慢慢过去了，匪徒渐渐支撑不住了，端起的枪在颤抖，手在颤抖，双腿也在颤抖。突然，匪徒摔掉步枪，“扑通”一声跪在地上向父亲连连求饶。

父亲露出了微笑。他竭力控制住自己，才没有昏厥。接着，父亲顺手扯来一根葛藤将匪徒双手反捆起来。他拿过匪徒的枪，才发现枪里没有子弹。

这时，父亲再也坚持不住了，一屁股坐到了地上。其实，父亲的枪里也没有子弹了。

事后父亲感叹：无论遇到多么大的困难和挫折，哪怕还有一口气，决不能趴下。

立志锦囊

鲜花都是要慢慢开放的，如果夜来香急着在白天的烈日下绽放，那么等待它的必定是死亡。成功的历史是心酸的、孤独的、痛苦的……更是坚持不懈、永不放弃的。父亲的坚持和等待让他战胜了敌人；我们的坚持与等待，是超越自我、超越一切的美好未来。

文　黄晶晶

飞翔的蜘蛛

文 张远浩

于是，我记住了蜘蛛不会飞翔，但它照样把网结在空中。奇迹是执著者创造的。

有一天黄昏，我发现，一只黑蜘蛛在后院的两檐之际结了一张很大的网。难道蜘蛛会飞？要不，从这个檐头到那个檐头，中间有一丈余宽，第一根线是怎么拉过去的？

带着这个疑问，我把院子里所有的蛛网全都搅毁了。

后来，细细地观察，我才发现蜘蛛走了许多弯路——从一个檐头起，打结，顺墙而下，一步一步向前爬，小心翼翼，翘起尾部，不让丝沾到地面的沙石或别的物体上，走过空地，再爬上对面的檐头，高度差不多了，再把丝收紧，或者说是它满意了，再把丝收紧。

收第一根丝要半个多小时，直到成一条直线。

以后的进程一般要比第一根丝的安置快多了。尽管它很复杂，但蜘蛛对此十分熟练，操作起来，仿佛是一种愉快开心的表演似的。

蜘蛛不会飞翔，但它能够把网结在半空中。它是勤奋、敏感、沉默而坚忍的昆虫，它的网织得精巧而规矩，八卦形地张开，仿佛得到神助。

这样的成绩，使人不由想起那些沉默寡言的人和一些深藏不露的智者。于是，我记住了蜘蛛不会飞翔，但它照样把网结在空中。奇迹是执著者创造的。

立志锦囊

天下从来就没有做起来一帆风顺的事情，凡事都有起有落，关键是你是否放弃了自己曾经认为可能实现的梦想，学一学竞技场上的运动员们永不放弃，总有一天会拿到真正属于自己的“冠军”。

文 黄晶晶

恒者无敌

文 崔鹤同

罗斯福夫人终于被约翰逊的坚韧精神所感动，于是便答应了他的请求，把她的感想写了出来。

一个日本男孩儿，自幼酷爱自然，喜爱画画。十二三岁时，因家境贫困，为了求生，来到井山宝福寺出家为僧。但是，他常为习画而误了诵经，以致触犯了长老。

为此，长老严令他不准在寺内作画。这孩子由于不忍割舍，仍然时常为了作画触犯佛门圣规。长老气极了，竟令人用绳子将他反绑在寺院的柱子上。男孩儿的伤心之泪滴落脚下，不料却触发了创作灵感，他用大脚趾醮着泪水，画出了一只活灵活现的老鼠。

这种无以复加的挚情、专注使长老大为震撼，他立即令僧徒给男孩儿松绑，并从此不再干涉他作画。对作画一往情深的孩子，经过身心一致的磨砺，对大自然的风骨、神韵终获不同凡响的理解，创立了独树一帜的流派，成为日本水墨画的开山鼻祖。他就是16世纪中叶的日本画圣雪舟。雪舟以他的热情和执著，终于成就了自己无比绚烂的人生。

这也使人想起了美国的新闻、出版及服饰、化妆品产业巨子约翰·R.约翰逊。1942年，24岁的约翰逊在芝加哥创办杂志《黑人文摘》，为了扩大影响，增加发行量，他决定组织一系列以“假如我是黑人”为题的文章，把一名白人放在黑人的地位，设身处地地严肃看待这一问题。他想，请罗斯福总统的夫人埃莉诺来写这篇文章是最好不过了，于是他给她写了一封信。

罗斯福夫人回信说，她太忙，没时间写文章。一个月之后，约翰逊又给她写了一封信，她仍说她很忙。又过了一个月。约翰逊给她写第3封信，罗斯福夫人回信说连1分钟空闲也抽不出来。

虽然罗斯福夫人每次都说她没有时间，但约翰逊没有打退堂鼓，依然不断地发信，他想：“她并不是说不愿意写，如果我继续请求她，只要有耐心，也许，有一天她会有时间的。”

终于，约翰逊在报上看到她要在芝加哥发表演讲的消息，决定再试一次，便给她发了一个电报，询问她是否愿意趁她在芝加哥的时候为《黑人文摘》写那篇文章。罗斯福夫人终于被约翰逊的坚韧精神所感动，于是便答应了他的请求，把她的感想写了出来。

文章一出，消息不胫而走，很快传遍全国各地，大家争相购买阅读，杂志发行量一个月内由5万份猛增到15万份，这也成了约翰逊事业成功的巨大转折。

俗话说，滴水穿石，绳锯木断；精诚所至，金石为开；恒者无敌。只要有了这种矢志不渝、百折不回、一往无前的精神，世界上就没有做不成的事情，这也是伟人和庸才、成功与失败的分水岭。

立志锦囊

矢志不渝、持之以恒的人有一种勇往直前的力量，有一份明确清晰的目标，为了梦中的青鸟，他们能够用自己的努力和坚强开启成功的大门。人人都知道要努力才能成功,但这种努力是持续的努力,充满恒心的努力,如雪舟即使被捆绑也要作画,如约翰逊即使屡遭拒绝也要坚持。再坚持一下,我们就能成功。

文 黄晶晶

愚钝的力量

文 佚　名

智商稍高条件优越,聪明强壮者不一定会得到成功,成功有时需要一种近乎愚钝的力量啊!

大科学家爱因斯坦曾做过这样一个实验:他从一个村子里找了两个人,一个愚钝且软弱,一个聪明且强壮。爱因斯坦找了一块两英亩左右的空地,给他俩同样的工具,让他们在其间比赛挖井,看最终谁先挖到水。

愚钝的人接到工具后,二话没说,便脱掉上衣大干起来。聪明的人稍作选择也大干起来。两个小时过去了,两人均挖了两米深,但均未见到水。聪明的人断定自己选择错误,觉得在原处继续挖下去是愚蠢的,便另选了一块地方重挖。愚钝的人仍在原处吃力地挖着,又两个小时过去,愚钝的人又挖了一米,而聪明的人又挖了两米深。愚钝的人仍在原处吃力地挖着,而聪明的人又开始怀疑自己的选择,就又选了一块地方重挖。又两个小时过去,愚钝的人又挖了半米,而聪明的人又挖了两米,但两人均未见到水。这时聪明的人泄气了,断定此地无水,他放弃了挖掘,离去了,而愚钝的人此时体力已经不支了,但他还是坚持在原处挖掘，在他刚把一锨土掘出时，奇迹出现了，只见一股清水汩汩而出。

比赛结果，这个愚钝的人获胜。

爱因斯坦后来对学生说，看来智商稍高条件优越，聪明强壮者不一定会得到成功，成功有时需要一种近乎愚钝的力量啊！

立志锦囊

愚钝者之所以能够拥有成功，是因为他因愚钝而坚持，因愚钝而执著，因愚钝而不畏失败和挫折……生活和学习都需要这种坚持，这种执著。生命不息，奋斗不止，执著是成功者的英雄本色；是一种面对困难永不放弃的人生态度，更是坚持不懈、默默无闻的生命赞歌。

文 黄晶晶

还有一个苹果

文 崔修建

只要心头不熄灭那个坚定的信念，努力地去找，总会找到帮助自己渡过难关的那“一个苹果”，握紧它，就没有穿不过的风雨、涉不过的坎坷。

一场突然而至的沙暴，让一位独自穿行大漠的旅行者迷失了方向，更可怕的是装干粮和水的背包不见了。翻遍所有的衣袋，他只找到一个泛青的苹果。

“哦，我还有一个苹果。”他惊喜地喊道。他攥着那个苹果，深一脚浅一脚地在大漠里寻找着出路。整整一个昼夜过去了，他仍未走出空旷的大漠，饥饿、干渴、疲惫却一起涌上来。望着茫茫无际的沙海，有好几次他都觉得自己快要支撑不住了，可是看一眼手里的苹果，他抿抿干裂的嘴唇，陡然又添了些许力量。

顶着炎炎烈日，他又继续艰难地跋涉。已数不清摔了多少跟头了，只是每一次他都挣扎着爬起来，踉跄着一点点地往前挪，他心中不停地默念着："我还有一个苹果，我还有一个苹果……"

三天以后，他终于走出了大漠。那个他始终未曾咬过一口的青苹果，已干巴得不成样子，他还宝贝似的擎在手中，久久地凝视着。

在敬佩旅行者之余，我不禁惊讶：一个看似微不足道的苹果，竟然有着如此神奇的力量。

是的，在生命的旅途中，我们常常会遭遇各种挫折和失败，会身陷某些意料之外的困境。这时，不要轻易地说自己什么都没了。其实只要心头不熄灭那个坚定的信念，努力地去找，总会找到帮助自己渡过难关的那"一个苹果"，握紧它，就没有穿不过的风雨、涉不过的坎坷。

立志锦囊

对于大漠孤旅的人来说，那个苹果就是他的信念。紧握着这份信念，他征服了炎炎烈日和莽莽沙漠。信念，是如此神奇，信念的力量，是多么伟大！信念是小鸟的翅膀，是梦想的明灯，是挺起的胸，是抬起的头，是希望，是期待，是永恒的勇气和信心。

文　黄晶晶

信念的力量

文 鲁先圣

人世间还有什么力量能超过信念的力量呢？他通过中国最传统的方式，在这些幼小孩子的心灵里栽种了信念啊！

鲁西南深处有一个小村子叫姜村。这个小村子因为这些年几乎每一年都要有几个人考上大学、硕士甚至博士而闻名遐迩。方圆几十里以内的人们没有不知道姜村的，人们会说，就是那个出大学生的村子，久而久之人们不叫姜村了，大学村成了姜村的新村名。

姜村只有一所小学校，每一个年级一个班。以前的时候，一个班只有十几个孩子。现在不同了，方圆十几个村，只要与村里有亲戚的，都千方百计把孩子送到这里来，人们说，把孩子送到姜村，就等于把孩子送进大学了。

在惊叹姜村奇迹的同时，人们也都在问，都在思索。是姜村的水土好吗？是姜村的父母掌握了教孩子的秘诀吗？还是别的什么？

假如你去问姜村的人，他们不会告诉你什么，因为他们对于秘诀似乎一无所知。

在20多年前，姜村小学调来了一个50多岁的老教师，听人说这个教师是一位大学教授，不知什么原因被贬到了这个偏远的小村子。这个老师教了不长时间以后，就有一个传说在村里流传。这个老师能掐会算，他能预测孩子的前程。原因是，有的孩子回家说，老师说了，我将来能成数学家；有的孩子说，老师说我将来能成作家；有的孩子说，老师说，将来我能成音乐家；有的说，老师说我将来能成钱学森那样的人，等等。

不久，家长们又发现，他们的孩子与以前不大一样了，他们变得懂事而好学。好像他们真的是数学家、作家、音乐家的材料了。老师说会成为数学家的孩子，对数学的学习更加刻苦，老师说会成为作家的孩子，语文成绩更加出类拔萃。孩子们不再贪玩，不用像以前那样严加管教，孩子也都变得十分自觉。因为他们都被灌输了这样的信念：他们将来都是杰出的人。而有好玩、不刻苦等恶习的孩子都是成不了杰出人才的。

家长们很纳闷，也将信将疑，莫非孩子真的是大材料，被老师道破了天机？

就这样过去了几年，奇迹发生了。这些孩子到了参加高考的时候，大部分都以优异的成绩考上了大学。

这个老师在姜村人的眼里变得神乎其神，他们让他看自己的宅基地，测自己的命运。可是这个老师却说，他只会给学生预测，不会其他的。

这个老师年龄大了，回了城市，但他把预测的方法教给了接任的老师，接任的老师还在给一级一级的孩子预测着，而且，他们坚守着老教师的嘱托：不把这个秘密告诉给村里的人们。

我的几个好朋友就是从姜村走出来的，他们说，他们从考上大学的那一刻起，对于这个秘密就恍然大悟了，但他们这些人又都自觉地坚守起了这个秘密。

听完这个故事，我一直在被这位可敬的老师感动着。人世间还有什么力量能超过信念的力量呢？他通过中国最传统的方式，在这些幼小孩子的心灵里栽种了信念啊！

立志锦囊

信念不是挂在嘴边的谈资，不是吹嘘的理想，更不是总跟别人絮

絮叨叨个不停的自我炫耀。姜村的代课教师把信念的火种带给了学生，准确地说是把它深种在了学生的心里。这足以证明，信念是心底迸发的热情，是锁在意志中的烈火，是明确的目标和方向，是最终达到自己想要的地方的最大推动力。

文 毛淑芬

君子当自强

文 王立群

一个气球能够升腾是因为它里面充满了氢气，一个人能够升腾是因为他具有自强不息的强势人格。

1958年我小学毕业。由于我从上小学以来一直保持全五分(当时实行五分制)，所以，学校决定保送我去读一所重点初中。

但是，我最后得到的录取通知书却是一张用旧报纸糊的信封，里面有一张油印的录取通知书：开封市新新中学。这所民办学校的学生大都是受家庭出身影响的学生。

这所民办初中的全部校舍就是一条小巷子里的两处民宅。

学校经济非常拮据。我们到校后的第一件事就是分班，但是，我们那时分班不是按入学成绩，而是按个头。当时我13岁，但是，个头已经有一米七多，所以，我被分到了大个班。大个班的任务非常明确，每周最少打3天工，用打工挣来的钱支付学校的所有开支。

开封北郊有一个砖厂，离城有10里地，我们常去砖厂为市内的工地拉砖，一个通宵拉两次。之所以晚上干，是因为我们学校没有车，我们几个班干部每到拉砖的那天傍晚，要先从城东跑到城西，来回走两个多小时，向一家工厂借人家的马车，这种车开封当地叫汽马车，就是用马拉的大车。白天牲口拉车，晚上牲口不干了，我们顶上去，拉一夜，第二天一早再把车准时送回去。

我们没有牲口，只能用人驾辕。我个子高，又是班长，所以经常驾辕的都是我。所谓驾辕，就是把担在牲口背上的皮带担在自己的双肩上，我虽然长得一米七多，但是，年龄只有十三四岁，人又很瘦，撑不住装得满满一车砖，所以，我们想了一个办法，在车辕上横着绑上一条抬筐的抬扛，扛子两边各找一个个头大一点儿的男生扶着，我们叫帮辕。

这种活最危险的是下半夜拉的第二趟。前半夜的第一趟大家的体力还好，也不犯困，但是，到了后半夜，拉第二趟，往往是又累又困。拉车的同学一般是十几个人一辆车，除了驾辕、帮辕的三位同学，其余的同学都要用绳子绑在车上拉。不少同学，一边似睡非睡地走，一边东摇西晃地拉。我是驾辕的，一刻也不敢睡。如果是平地，还无大碍，就是走得慢一点。一旦车子遇到一道土坎，下坎的时候，因为是两轮车，车头往下猛一栽，这是最危险的时候！因为车头往下一栽，我这个驾辕的根本撑不住满满一车砖的重量，如果把我压趴下，这辆重几千斤的砖车就会从我身上碾过去，后果不堪设想。其他同学是在两边用绳子拉，都可以向两边逃，唯独我这个驾辕的无法脱身，因为车辕一着地，我就被压在地下了。往往这时候，帮辕的两位同学会吓得大喊起来，拼死向上抬那根横绑在车辕上的扛子，所有似睡非睡的同学全惊醒了，都停下来把车向后掀，车后梆一落地，车辕挑起来，我才能躲过一劫。

这种事每个晚上的后半夜都可能发生，这不是同学们不尽心，而是十三四岁的孩子一个晚上跑几十里地，拉两次砖车，承受能力有限。每次车停下来，我都是双腿发软，浑身冒冷汗。但是，车不能停，砖还得拉，学校还等着钱。我们每个同学都明白这件事的严重性——

我们不能失学！为了不失学，就得拉砖！

初中两年的半工半读，干了各种各样的活，建筑工地的搬砖提泥、钢铁厂砸矿石、化肥厂挖土方，所有学校能够联系到的活，所有可以让我们挣钱的活儿，我们都要去干。

高中毕业之后，我再次失学，原因与考初中一样。但是，此时还没有民办大学让我上。因此，我参加了社会主义建设。教了7年小学、7年中学，经过14年的磨砺，才重新考上研究生。

我的一生，教过了小学、初中、高中、大专、本科、硕士生、博士生，今年我招的首届两名中国古典文献学博士生就要毕业了。

一个气球能够升腾是因为它里面充满了氢气，一个人能够升腾是因为他具有自强不息的强势人格。这种强势人格不一定表现在外部，而是内化为数十年自强不息的坚持。因此，具有这种强势人格就会有一副傲骨，而不是傲气。

立志锦囊

正如作者所言，如果一个人心中没有自强不息的强势人格，没有坚定的信念，那么他就会缺乏支撑行动的主心骨，就容易成为左右摇摆的墙头草，非常容易丧失自我，丧失尊严。相反，拥有了了坚不可摧的信念，有了自强不息的坚持，生命也许从此改观，因为，信念和坚持给人明晰的奋斗方向，更给人巨大的力量。

文 毛淑芬

大漠弱者

文　佚　名

只有拥有坚定信念的人才不会迷失方向，不会感到迷茫，不怕无边寂寞，不甘慵懒颓废，不甘平庸失色。

两个人结伴横过沙漠，水喝完了，其中一人中暑不能行动。

剩下的那个健康而又饥饿的人对同伴说，“好吧，你在这里等着，我去找水。”他把手枪塞在同伴的手里说：“枪里有5颗子弹，记住，3小时后，每小时对空鸣枪一声，枪声会指引我找到正确的方向，与你会合。”

两人分手，一个充满信心地去找水，一个满腹狐疑地卧在沙漠里等候，他看表，按时鸣枪，但他很难相信除了自己还会有人听见枪声。他的恐惧加深，认为那同伴找水失败，中途渴死，不久，又相信同伴找到了水，却弃他而去，不再回来。

到应该击发第五枪的时候，这人悲愤地思量：“这是最后一颗子弹了，同伴早已听不见我的枪声，等到这颗子弹用完之后，我还有什么依靠呢？我只有等死而已，而在一息尚存之际，秃鹰会啄瞎我的眼睛，那是多么痛苦，还不如……”他把枪口对准自己的太阳穴，扣动了扳机。

不久，那提着满壶清水的同伴领着一队骆驼商旅寻声而至，但他们所找到的是一具尸体。

立志锦囊

坚定的信念是人生伟大的导师，是生命力量的源泉。失去了信念的人会如大漠弱者一样，与未来擦肩而过，与成功失之交臂，只有拥有坚定信念的人才不会迷失方向，不会感到迷茫，不怕无边寂寞，不甘慵懒颓废，不甘平庸失色。信念是生命的脊梁，信念被摧毁的人，生命也就变形了。

文 毛淑芬

给忍耐一个目标

文 查一路

我想，曼德拉的视线一定不能穿越四壁，但是他却将目光投向了国家未来的民主政治。

在一个陌生的城市游玩。一天，我与儿子在一家大型超市转了一会儿，走出出口时却发现儿子不见了。我找遍了超市，又去周边的几条街道找了很久，仍不见儿子。我焦急得心都要跳出来了，一想，还是再去那家超市看看。返回超市门口，儿子惊喜地扑了过来。

儿子和我走散后，也去附近的几条街道找我，最终他想，最好的办法还是在原地等我。

我问他，这么热的天，为什么不进到超市的里面，那里有凉风习习的空调。儿子说站在门口可以看见四面八方的来人，每一个迎面走来的人都有可能是他的目标。

我心疼不已，这几个小时他是怎么过来的？恐惧、焦躁、难过，又站在太阳底下被烈日烤晒，若在平时，他的耐力最多只能支持他站上几分钟。儿子说，我没有想到“忍耐”这个词，我只想着尽快见到你，时间就很快过去了。

不由得，我想起了前不久在书中看到的一则拳坛逸事。有一位著名的拳击手，出道之初的他在一次比赛中被人打得晕头转向，观看比赛的所有人都担心他会中途倒下，可是出人意料，他承受了暴雨般的重拳袭击，支撑着打完了全场。观众把更多的掌声献给了他，而不是那位获胜者。事后记者问他：“不可思议，你是怎么从第二回合开始，一直坚持忍耐到最后？”拳手觉得奇怪：“我没有忍耐呀！我只想着‘防御’和‘攻击’，当时我的脑海中根本就没有‘忍耐’这个意识闪现。”

没有想到忍耐，才是能够“忍耐”下去的唯一理由。

最近，友人从南非回来，在南非旅游观光期间，他曾慕名前往囚禁曼德拉的囚室瞻仰。他用手比比画画，形容囚室的小。比画不清时，他拖我到了卫生间，说，就这么大！朋友喃喃自语：“无法想象一个人几十年被囚禁在一间小屋里而没有精神崩溃，伟人就是伟人！”

我想，曼德拉的视线一定不能穿越四壁，但是他却将目光投向了国家未来的民主政治。否则，几十年如一日地面对几平方米的囚笼，不崩溃也会成为白痴。

给忍耐一个目标，生活将苦尽甘来。

立志锦囊

给忍耐一个明确的目标，能让烦心的忍耐变成一种崭新的追求和期盼；给忍耐一个未来，能让看似不可忍耐的忍耐造就一份灿烂的奇迹。拳手忘记忍耐，而只想着防御与攻击，他赢得了大家的赞许；曼德拉忘记了牢笼，一心思考着国家的民主政治，励精图治，成就了伟大的功绩。忘记忍耐，专注于奋斗，未来一定精彩。

文 黄晶晶

为生活祝福

文 （美）雷切尔·内奥米·雷曼

要为我们周围的生命祝福，更要为我们内心的生命祝福。当我们记住祝福生命，我们就能够修复这个世界。

爷爷来看我时总会带来礼物，他的礼物永远与众不同，不是洋娃娃，不是书也不是毛绒动物。我的洋娃娃和毛绒动物半个多世纪前就不知去向了，但是爷爷给我的许多礼物仍伴随着我。

有一次他带来一个小小的纸杯，我急不可待地往杯里看，以为里面有什么特别的东西。唉，除了泥土以外什么都没有。我失望地告诉爷爷，妈妈不准我玩土。他慈祥地笑着，从我的玩具茶具中拿出个小茶壶，牵着我走进厨房，盛了满满一壶水。回到我的房间，他把纸杯放在窗台上，又把茶壶递给我："如果你保证每天往杯里倒一点水，就会有特别的事情发生。"他告诉我。

当时我只有4岁，我的房间位于纽约曼哈顿一座高层公寓的6楼，爷爷的举动在我看来似乎毫无意义。我怀疑地看着他，他鼓励地点点头说："记住每天浇水，孩子。"于是我答应了。

起初我充满好奇，急于知道到底会发生什么，所以浇水并不算什么负担。但是时间一天天过去，什么都没有改变，我慢慢懈怠起来，越来越难以记起浇水这回事。一星期后，我问爷爷是不是可以停止了，他摇摇头说："一天都不能停，孩子。"第二个星期变得更困难了，我开始后悔答应爷爷往杯子里浇水。他下次来的时候，我想把杯子还给他，但他不肯拿，只是重复道："一天都不能停，孩子。"第三个星期，我开始忘记浇水，经常是上床后才记起来，只得爬下床在黑暗中浇水。但是我信守了诺言，一天都没有落下。一天早晨，原本只有泥土的杯子里，出现了两片小小的绿叶。我吃惊极了。叶子一天天变大。我迫不及待地告诉爷爷，相信他会和我一样惊奇。当然他一点都没有吃惊。他仔细地向我解释生命无所不在，甚至藏身于最平凡最不可能的角落。我非常高兴，"爷爷，它需要的只是水，对吗？"他轻轻拍着我的头顶，"不，孩子，"他说，"它需要的只是你的信念。"

这是我第一次懂得奉献的力量。爷爷告诉我，要为我们周围的生命祝福，更要为我们内心的生命祝福。当我们记住祝福生命，我们就能够修复这个世界。

立志锦囊

"它需要的是你的信念。"爷爷一语道破了信念和心灵的力量。人是信念的仆人，信念是有志者通向成功的大门。卡夫卡也曾说过，如果心中没有坚不可摧的信念，人便不能生存。"我"的信念唤来了生命的绿色，信念必将赋予我们巨大的奋斗力量。

文　毛淑芬

天才总是例外，天赋也和多数人无缘，然而，勤奋和坚持却是每个人都可以凭自己的努力能做到的。

第7辑 成功的基石

这位一贫如洗、地位卑微的年轻人在25岁时通过竞选当选为议会议员。1860年5月，51岁的他参加总统竞选，在竞选大会上，“拥护者亚伯，拥护劈栅栏木条候选人”的呼声终日不息，最终他击败了对手，成为美国第16届总统。他便是被马克思誉为“全世界的一位英雄”的亚伯拉罕·林肯。应该说，除了他的不屈不挠、坚持不懈、一往无前的奋斗精神外，同情弱者、无私善良的崇高美德，为他奠定了成功的基石。

梅　　香

文 林清玄

好的物质条件不一定能使人成为有品位的人，而坏的物质条件也不会遮蔽人精神的清明。

一个有钱的富人，正在自家的花园里赏梅花。那是冬日寒冷的清晨，艳红的梅花正以最美丽的姿容吐露，富人颇为自己的花园里能开出这样美丽的梅花感到无比的快慰。

突然，门外传来敲门的声音，富人去开了门，发现一个衣衫褴褛的乞丐，在寒风里冻得直抖，那乞丐，已在这开满梅花的园外冻了一夜，他说："先生，行行好，可不可以给我一点东西吃？"

富人请乞丐在园门口稍稍等候，转身进入厨房，端来一碗热腾腾的饭菜，他布施给乞丐的时候，乞丐突然说："先生，您家里的梅花，真是非常芳香啊！"说完，转身走了出去。

富人呆立在那里，感到非常震惊。他震惊的是，穷人也会赏梅花吗？这是自己从来不知道的。另一个震惊是，花园里种了几十年的梅花，为什么自己从来没有闻过梅花的芳香呢？

于是，他小心翼翼的，以一种庄严的心情，生怕惊动梅香似的悄悄走近梅花。他终于闻到了梅花那含蓄的、清澈的、澄明无比的芬芳。然后他濡湿了眼睛，流下了感动的泪水。为了自己第一次闻到了梅花的芳香。

是的，乞丐也能赏梅花，乞丐也能闻到梅花的香气。有的乞丐甚至在极饥饿的情况下，还能闻到梅花清明的气息。

可见，好的物质条件不一定能使人成为有品位的人，而坏的物质条件也不会遮蔽人精神的清明，一个人没有钱是值得同情的，一个人一生都不知道梅花的香气一样值得悲悯。一个人的品质其实与梅香相似，是无形的，是一种气息，我们如果光欣赏花的外形，就很难知道梅花有极淡的清香，我们如果不能细心地体验，也难以品味到一个人隐在外表内部人格的香气。

最可惜的是，很少有人能回观自我，品赏自己心灵的梅香，大部分人空过了一生，也没有体会到隐藏在心灵内部极幽微。但极清澈的内心的芳香。

能闻梅香的乞丐也是富有的人。

现在，让我们一起以一种庄严的心情，走到心灵的花园，放下一切的缠缚，让心暂歇，观闻从我们内心中流露出的梅香吧！

立志锦囊

心如明镜，需要时时擦拭；心灵更如晨钟暮鼓，需要时时侧耳倾听，倾听来自心灵深处的声音，来自灵魂的朴素。乞丐能嗅到梅花淡淡的清香源于他内心的丰富，富人能体验梅花的气息源自他的善良。走进心灵的花园，多种玫瑰，多添美好的情愫，生活会因此静谧而美丽。

文　王　蕴

人格是最高的学位

文 白岩松

当你有机会和这些老人接触后，你就知道，历史和传统其实一直在我们心中不老。

很多年前，有一位学大提琴的年轻人去向大提琴家卡萨尔斯讨教：我怎样才能成为一名优秀的大提琴家？卡萨尔斯意味深长地回答：先成为优秀的人，然后成为优秀的音乐人，再然后就会成为一名优秀的大提琴家。

听到这个故事的时候，我还年少，老人回答时所透露出的含意我还理解不多。然而随着采访接触的人越来越多，这个回答在我脑海中越印越深。在采访北大教授季羡林的时候，我听到一个关于他的真实故事。有一个秋天，北大新学期开始了，一个外地来的学子背着大包小包走进了校园，实在太累了，就把包放在路边。这时正好一位老人走来，年轻学子就拜托老人替自己看一下包，自己则轻装去办理手续。老人爽快地答应了。近一小时过去了，学子归来，老人还在尽职尽责地看守着。谢过老人，两人分别。几日后北大举行开学典礼，这位年轻的学子惊讶地发现，主席台上就座的北大副校长季羡林，正是那一天替自己看行李的老人。

我不知道这位学子当时是一种怎样的心情，但在我听过这个故事之后却强烈地感觉到：人格才是最高的学位。这之后我又在医院采访了世纪老人冰心。我问先生，您现在最关心的是什么？老人的回答简单而感人:是老年病人的状况。冰心的身躯并不强壮,即使年轻时也少有英姿飒爽的模样,然而她这一生却用自己当笔,拿岁月当稿纸,写下了一篇关于爱是一种力量的文章,然后在离去之后给我们留下了一个伟大的背影。

当你有机会和这些老人接触后,你就知道,历史和传统其实一直在我们心中不老。

前几天我在北大听到一个新故事,清新而感人。一批刚刚走进校园的年轻人,相约去看季羡林先生,走到门口,却开始犹豫,他们怕冒失地打扰了先生。最后决定,每人用竹子在季老家门口的土地上留下问候的话语,然后才满意地离去。这该是怎样美丽的一幅画面!在季老家不远,是北大的博雅塔在未名湖中留下的投影,而在季老家门口的问候语中,是不是也有先生的人格魅力在学子心中留下的投影呢?只是在生活中,这样的人格投影在我们的心中还是太少。

听多了这样的故事,便常常觉得自己是个气球,仿佛飞得很高,仔细一看却是被浮动托着,外表看上去也还饱满,但肚子里却是空空的。这样想着就不免有些担心,这样怎么能走更长的路呢?于是,"渴望年老"四个字,对于我就不再是幻想中的白发苍苍,而是如何在自己还年轻的时候,便能吸取优秀老人身上所具有的种种优秀品质。于是,我也更加知道了卡萨尔斯回答中所具有的深意。怎样才能成为一名优秀的主持人呢?心中有个声音在回答:"先成为一个优秀的人,然后成为一个优秀的新闻人,再然后是自然地成为一名优秀的节目主持人。"

我知道,这条路很长,但我将执著地前行。

立志锦囊

欲做事,先做人。确实如此,品质改变世界。试看那些成功者和伟大的人无一不是首先有着高贵的人品,优秀的品质让他们在前行的路上多了更多成功的可能性。抛开季羡林老人和冰心老人的成就,单单从他们那份平凡的伟大来看，就已经足够让我们敬仰万分。树立人格，尊重别人，也尊重自己，才能得到更多的尊重和成功。

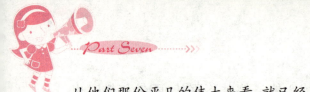

文 王 蕴

永远不能失去人格

文 玛萝·托马斯　方亚澜/译

你可以失去你的美貌、你的健康与你的财富，但永远不能失去你的人格，你的人格永远掌握在你的手里。

我出生于比利时布鲁塞尔，童年虽然过得快乐，但我并不喜欢当小孩。我希望快点长大，好掌握自己的生活。

13岁时，母亲建议我去念一所位于瑞士的寄宿学校，我好高兴：我终于能拥有自己的生活了。我想，如果够幸运，我会在新世界里找到新的刺激。

我们在一个艳阳天来到瑞士洛桑，抵达往后我3年的生活中心——Cuche寄宿学校。把行李放到房间后，母亲带我到日内瓦湖畔的一个小镇喝茶。她告诉我生活与爱情，以及试着跟我谈一些严肃的主题，比如我即将从女孩变成女人。她试图跟我谈爱情与性。

我觉得跟自己母亲谈这种事很尴尬，于是赶忙接口："别担心，我都知道。"

母亲笑了笑，然后说出这段我永生难忘并不断回味的话：

"你要记住，这些事大家都会做，工作、吃饭、哭泣、爱情与性……唯一的差别是，你做这些事情的方式。"

我很高兴她这么说。她相信我并且让我知道,重点在于我必须为自己的行为负责。我若是能够做到这一点,我的人生将不只是我做了什么事,而是我做这些事的方式。

有一次,我与我相当崇敬的瓦顿·贵格共进午餐。瓦顿多年前以亚美尼亚移民身份来到美国,然后成为一名重要学者。他曾任纽约公共图书馆馆长,如今则是卡耐基基金会总裁。瓦顿说起他的童年:他6岁丧母,由祖母在伊朗北部山区带大。她曾经告诉小瓦顿:

"孩子,有两件事你一定要记住。第一件事是命运,这一点也许你难以改变;第二件事是你的人格,而这一点则任凭你控制。你可以失去你的美貌、你的健康与你的财富,但永远不能失去你的人格,你的人格永远掌握在你的手里。"

我母亲告诉我的话,以及瓦顿的祖母告诉他的话,其实是同一件事。她们的话都是关于人格,关于生活的方式,以及关于无论这一生中发生什么事,都要当一个有人格的人。我们的命运因此而更为神圣。

立志锦囊

如何做人在于我们做事情的方式,在于我们生活的方式,在于我们对待一些事物的方式。这些方式决定了我们人格的高低,甄别着我们品质的高下。每个人都有选择自己生活的权利,都在用自己特殊的方式向世界宣扬着自己的品质,自己的人格。相信我们能做到不输给任何人。

文 王 蕴

成功的基石

文 崔鹤同

除了他的不屈不挠、坚持不懈、一往无前的奋斗精神外，同情弱者、无私善良的崇高美德，为他奠定了成功的基石。

一位穷困潦倒的年轻人，在别人开的一家商店当伙计。一次，一个妇女买纺织品时多付了几美分，他步行10公里赶上那位妇女退还了这几美分钱。又一次，他发觉给一个女顾客少称了1/4磅茶叶，他又跑了好几公里给她补上。

他在当邮递员的同时，还替人劈栅栏木条挣零花钱。一个寒冷的早晨，他走出家门时，看见一个年轻的邻居用破布裹着光脚，正在劈一堆从旧马厩拆下来的木料，说是想挣一块钱去买双鞋。他便让那青年回到屋里去暖暖脚。过了一阵子，他把斧子还给了那个青年，告诉他说木柴已经劈好，可以直接拿去卖钱买鞋了。

有一次，他当测量员在彼得斯堡测量后，故意把一条本可以笔直的街道设计成为弯的，是为了保全一个穷苦的孤儿寡母家庭的住房。如果把街道建成直的，这可怜的一家人岂不要露宿街头！

这位一贫如洗、地位卑微的年轻人在25岁时通过竞选当选为议会议员。1860年5月，51岁的他参加总统竞选，在竞选大会上，“拥护者亚伯，拥护劈栅栏木条候选人”的呼声终日不息，最终他击败了对手，成为美国第16届总统。他就是被马克思誉为“全世界的一位英雄”的亚伯拉罕·林肯。应该说，除了他的不屈不挠、坚持不懈、一往无前的奋斗精神外，同情弱者、无私善良的崇高美德，为他奠定了成功的基石。

立志锦囊

少年人现在的首要任务，正如胡适先生所言："要把自己铸造成器。"在努力学习知识的同时，更应该塑造自己纯洁高尚的灵魂。亚伯拉罕·林肯的成功前提是给自己的人格树立一个高尺度的标准。而我们更需要摆脱虚伪和庸俗，走向崇高、善良、仁爱和智慧。

文 王 蕴

人生开关

文 廖 钧

一位先哲说过，人生的道路上有很多开关，轻轻一按，便把人带进黑暗和光明的两种境界。

我小时候家里很穷，那年考上了大学，却没有钱去上学。

唯一能来钱的门路是上山砍柴。附近有一座矿山，矿上每天要烧很多柴，民工们从山上砍柴，挑到公路边，由矿上派人来收购，用车拉走，我也加入了砍柴的民工队伍。

我力气小，砍柴很慢，以这样的速度，只怕是夜里不睡觉也挣不够上学的钱，后来，矿上来收柴的张叔要找一个人替他过磅秤记数，由矿上开工资，这是一份好差事。他知道我缺钱上学，特地把这差事安排给了我。

过了几天，和我一起砍柴的大毛悄悄跟我说："给我多记一点，我拿工钱分你一半。"

张叔是按我记的数字给民工发钱的，我只要笔下轻轻一画，不出力不流汗就能来钱，天底下原来还有这等美事！不过，张叔会不会发现呢？大毛说："不会。柴是一车车拉走的，少个三五百斤谁也不会知道。""好，就算不知道，但我这么做，对得住张叔吗？"大毛说："嘿！你真是的，柴是公家的，又不是张叔家的，有什么对得住对不住的？"

我差不多被他说得心动了，但总觉得心里有些不踏实不对劲。我把这事说给我娘听，娘听了坚决反对，她说："吃了不该吃的会拉肚子。"

我听了娘的话，后来就没有理会大毛。

那年我挣够了上学的钱，踏进了大学的门槛，毕业后分配到了一个我喜欢的地方，有了一份我喜欢的工作。我的人生道路很顺畅。

早些时候，我回家探亲，见到张叔，提起那段旧事，我问他："假如我那时虚报冒领，会怎么样？"张叔说："你要是想昧心多拿一点儿，最后会连一点儿也拿不到。"他还告诉我，"柴拉回矿里，我曾经抽检过几次，没有发现差错。"我吃了一惊：幸好当初没听信大毛的蛊惑，不然的话，我此后的人生道路会是一种什么样子呢？

一位先哲说过，人生的道路上有很多开关，轻轻一按，便把人带进黑暗和光明的两种境界，这话我信，因为当年在那座大山脚下的公路边，我就接触过一个这样的开关。

立志锦囊

在"我"最需要钱的时候，也能做到刚毅，正直，这是一份难得的执著品质，这保证着"我"的人生道路。的确，往往是一念之间的闪失，却能引起人生命运的巨大变化。这就是品质的魅力。只有正直善良的人才会关注社会的良性发展，才会秉承良心做事，也才能成就高贵的品质，凝聚智慧的力量，造就和谐的人际关系，缩短与成功的距离。

文 黄晶晶

我为什么成不了比尔·盖茨

文 高兴宇

要知道“埋怨”、“自负”、“吹牛”这些毛病就是你不能取得成功的原因之一、之二、之三。

乔治不到50岁就死了。在那个世界,他见到了上帝。乔治向上帝说:“主啊,我在人间活了50年,一次飞黄腾达的机会您也没给我。因为这,我平庸过了此生。”

上帝说:“是吗? 您认为哪些机会没有给你呢?”

乔治说:“我的志向是像比尔·盖茨那样,成为IT精英,成为世界首富,我要建立电脑王国,我要住在西雅图市华盛顿湖畔的豪华别墅。可是,我的这些理想都没有实现。原因呢,就是您没有让我在哈佛大学就读。如果当年我在哈佛大学学习,那么创立微软公司的就会是我而不是比尔·盖茨了。”

上帝想了想,对乔治说:“好吧,我们不妨就试验一次。”

上帝手一挥,时光倒流,回到了1975年。哈佛大学学生乔治与比尔·盖茨分别创建了两家计算机公司。他们共同的同学艾伦分别向两人出谋划策,他拿两份工资,为的是多讨口饭吃。

艾伦先向乔治建议道:“现在世界上单独生产软件的公司一家也没有,我们就专门生产计算机软件吧!”

乔治坐在宽阔的老板椅上,神气十足地说道:“软件对于计算机来说,虽然是必须的,但这东西仅仅是个附加品,它的缺陷是容易被人无限制地复制、盗版，那样的话，赢利太难了，所以我们不能从事这种经营。我们要生产硬件，压倒IBM公司、苹果公司。”

固执的艾伦无奈又找到了比尔·盖茨，向他同样建议。傻乎乎的比尔·盖茨立刻认定这是一个巨大的商机。当天，他的公司就全力投入到软件开发上。结果，他创造出了一幅杰作。

而乔治公司的经营业绩连IBM公司、苹果公司一个门市部的业绩都不如，当年就破产了，艾伦也气愤地离开了他。

上帝重又按了按“光阴遥控器”，时光重新回到现在。上帝说：“你现在该口服心服了吧？”

乔治怨气十足，吵道：“这不怨我，这要怨艾伦，他不但不帮我，反而离开了我，使得我情绪不稳，不能静下心来考虑公司决策。另外，这还要怨当时的一些臭评论家，他们盲目地下结论，说建立软件公司是个愚蠢主意，使得我上当。如果您让我也成为微软公司的董事长，那么我会比比尔·盖茨经营得更好。”

上帝说：“好吧，我们就再试验一次。”

上帝手一挥，时光倒流，这次回到了1982年。美国有两家软件公司：盖茨微软公司和乔治微软公司，两家情况完全相同。比尔·盖茨、乔治分别拥有他们各自公司的53%股份，而艾伦分别占有这两家股份的31%。傻乎乎的比尔·盖茨要改革，他要采取配股的方式激励所有公司员工，而非只限于公司领导。艾伦看见比尔·盖茨这样搞了，便向乔治透露消息。要知道，艾伦在这两家公司都有股份，手心手背都是肉，他不能不对乔治负责。乔治一听艾伦介绍比尔·盖茨的做法，便大笑起来。乔治向艾伦说：“这个呆子一定吃错药了。哪有公司给员工股份的？难道他嫌自己的钱多了？如果给员工股份，那么以后怎么进行管理？全世界还没有第二个人像他这样傻。哈哈。”

艾伦在两家公司的股份都不过半数，他没有决定权，只好听之任之。

短短的时间过去了，盖茨微软公司的股票飞涨，这家公司便拥有了几千个百万富翁、一打亿万富翁。

而乔治微软公司的股票不断下跌，他的优秀员工纷纷跑到盖茨微软公司。不久，乔治成了一个穷光蛋。

在一个视跳槽为时尚的时代，盖茨公司的员工为什么不离开呢？原因是这些员工都有股份呀！是股份锁定了员工对它的忠诚。

上帝重又按了按“光阴遥控器”，时光重新回到现在。

乔治正要开口，他准备向上帝埋怨他的员工不忠诚，可话还没说，上帝便向他摆了摆手，止住了他的话。

上帝说：“我是仁慈的，也是公正的，我把飞黄腾达的机会撒向了全世界，每时每刻，都有一批人创造了奇迹。可你呢？到死还改不了‘埋怨’、‘自负’、‘吹牛’这些毛病。要知道‘埋怨’、‘自负’、‘吹牛’这些毛病就是你不能取得成功的原因之一、之二、之三。”

立志锦囊

比尔·盖茨之所以成为比尔·盖茨，更重要的不在于他有比别人多的机会，不在于他比别人有更多的创意，比别人有更多人帮忙，最重要的在于他首先拥有一份善良、公正、仁爱和谦和的品质。伟大的人之所以成功，最重要的在于他们本身具备的良好高尚的品质，这是通往成功大门的通行证。

文　黄晶晶

修养的作用

文 朗　月

除了学习之外，你们需要学的东西太多了，修养是第一课。

有一批应届毕业生22个人，实习时被导师带到北京的国家某部委实验室里参观。全体学生坐在会议室里等待部长的到来，这时有秘书给大家倒水，同学们表情木然地看着她忙活，其中一个还问了句：“有绿茶吗？天太热了。”秘书回答说：“抱歉，刚刚用完了。”有一个名叫林晖的学生看着有点别扭，心里嘀咕：“人家给你倒水还挑三拣四的。”轮到他时，他轻声说：“谢谢，大热天的，辛苦了。”秘书抬头看了他一眼，满含着惊奇，虽然这是很普通的客气话，却是她今天唯一听到的一句。

门开了，部长走进来和大家打招呼，不知怎么回事，静悄悄的，没有一个人回应。林晖左右看了看，犹犹豫豫地鼓了几下掌，同学们这才稀稀落落地跟着拍手，由于不齐，越发显得凌乱起来。部长挥了挥手：“欢迎同学们到这里来参观。平时这些事一般都是由办公室负责接待，因为我和你们的导师是老同学，非常要好，所以这次我亲自来给大家讲一些有关情况。我看同学们好像都没有带笔记本，这样吧，王秘书，请你去拿一些我们部里印的纪念手册，送给同学们作纪念。”接下来，更尴尬的事情发生了，大家都坐在那里，很随意地用一只手接过部长双手递过来的手册。部长脸色越来越难看，走到林晖面前时，已经快要没有耐心了。就在这时，林晖礼貌地站起来，身体微倾，双手握住手册恭敬地说了一声："谢谢您！"

部长闻听此言，不觉眼前一亮，伸手拍了拍林晖的肩膀："你叫什么名字？"林晖照实作答，部长微笑点头回到自己的座位上。早已汗颜的导师看到此景，微微松了一口气。

两个月后，毕业分配表上，林晖的去向栏里赫然写着该部委实验室。有几位颇感不满的同学找到导师："林晖的学习成绩最多算是中等，凭什么选他而没选我们？"导师看了看这几张尚属稚嫩的脸，笑道："是人家点名来要的。其实你们的机会是完全一样的，你们的成绩甚至比林晖还要好，但是除了学习之外，你们需要学的东西太多了，修养是第一课。"

立志锦囊

罗斯金曾经说过，文明就是要造就有修养的人。有时候，一个善意的微笑，一声歉意的问候……都能让人品味到修养的芬芳。修养有着自己高雅的气味和质朴的芬芳，林晖的几次无意之举，让他从众多人中脱颖而出。这就是修养的力量。做一个有修养的人，已经成功了一大半。

文　黄晶晶

从一张废纸中走向成功

文 邹 文

总裁告诉阿成，他很喜欢中国“一屋不扫，何以扫天下”这句名言，太博大精深了。

从题目上看，废纸与人才是风马牛不相及，可世界某著名品牌公司的总裁却因为扔掉一张废纸，选到一位人才，所以，那张废纸的价值随着人才而不得不令世人刮目相看了。

这家公司为了拓展亚洲业务，董事会决定从一些国家的亚洲留学生中以年薪30万美元聘用一名研究生，负责亚洲市场部工作，公司负责招聘的人力资源部把选聘的目光锁定美、英、法、加四国的著名学府，启事发出后，有1000多人报名应聘，经过十分严格的筛选和考核，最后留下3名，其中有一位女性，他们真可谓是“过五关斩六将”，称得上最尖子中的尖子、人才里的人才，3位都很优秀，但机会只能给其中一人。总裁亲自面试，这是最后一关，不用说，他们3位的心情是一样的，面试前都作了精心的准备，甚至包括言谈举止中的某个细节都考虑到了。这天上午3时，面试开始了，第一个进去的是一位叫阿威的帅小伙子，进去5分钟就出来了；第二位是女性，叫阿娟，长得蛮富态的，也是进去5分钟就出来了；最后进去的叫阿成，长相一般，是来自中国中部地区农村的一位青年，29岁，他同样是在公司人事部门的人引导下走进总裁的宽大办公室的，总裁依旧面朝里坐着，说了“请坐”二字后，端起茶杯喝口水，忽然坐椅转了180°，总裁目光盯住阿成，阿成有点紧张，但立刻摆出镇定自若的样子，大大方方地坐着，四目相视片刻后，阿成觉得心里有股说不出的滋味，目光游离了，就在这时，他看到办公室的地上有一个纸团，阿成冲总裁一笑，起身近前弯腰捡起纸团，小心翼翼打开，上面只有两个英文单词Waste Paper(废纸)。他毫不犹豫把废纸放进碎纸机上，又坐回原来的地方。5分钟，阿成也走出总裁办公室。当天下午，阿成就接到电话，祝贺他被公司聘用了。

后来，总裁随团去日本访问，结束前，他去看望阿成，对他走马上任半年来的表现非常满意，总裁问阿成说："想知道我当时为什么会选中你吗？"阿成谦逊地说："当然，聆听总裁明示。""还记得地上那个被揉皱的纸团吗？是它告诉我决定选用你的。"如果不是听到总裁亲口所言，阿成无论如何也不敢相信这个事实。总裁告诉阿成，他很喜欢中国"一屋不扫，何以扫天下"这句名言，太博大精深了。一张废纸，揉成纸团，捡起再放进废纸篓或垃圾桶，在日常生活中是件小得不能再小的事，一般人都能做得到，但就是看似许许多多"小事"而被我们许许多多立志于大事的人所忽略不计了。其实，阿成的成功又岂止是一个企业的用人之道呢？

立志锦囊

一个人的修养往往在无意识中向他人介绍着自己，就像一个人的名片。阿成之所以在不经意间习惯性地捡起那团废纸，是因为他早已养成了对生活小细节的关注这样的习惯，这种修养在关键时刻帮他闯过了难关。修养，就像暗香浮动的小花，虽然不经意，却自成一种雅致和美好。

文　黄晶晶

小牛和老骡

文 伊　然

做个诚实、正直、坦诚的人，我们才能活得踏实，让人生充满阳光。

有一段时间，老农夫一直用牛和骡子一起耕作，耕作相当辛苦。年轻的小牛对骡子说："今天我们装病吧，休息休息。"老骡却答道："不行啊，我们需要把工作做完，因为耕种的季节很短啊。"

但小牛还是装病了，农夫给它弄来新鲜的干草和谷物，尽量让它舒服些。等老骡耕种回来，小牛询问地里的情况如何，"没有以前耕种得多，"老骡回答道，"但我们也耕种了相当长一段距离。"小牛又问道："老家伙说我什么没有？""没有。"老骡回答。

第二天，小牛还想偷懒，就再次装病。当老骡从田间回来时，小牛问道："今天怎么样？""还不错，我认为，"老骡答道，"但耕种得还是不太多。"小牛又问道："老家伙说我什么了？""啥也没对我说，"老骡说，"但是，他停下来和屠夫说了好长时间的话。"

立志锦囊

故事的结局不言而喻。谎言就是如此可怕，有人说，谎言如刀。确实如此，谎言的背后是一颗虚伪、懒惰、狡诈的灵魂，生活在谎言中的人犹如生活在污浊烂泥中的鱼虾，永远无力喘息。做个诚实、正直、坦诚的人，我们才能活得踏实，让人生充满阳光。

文 黄晶晶

他敢于说不惭愧

文　从　风

他虽然没有得到100分，但他是个诚实的人，所以，他感于说自己不惭愧。

恢复高考那年，我们正读初一，新来的班主任是个教英语的姓宋的老头儿。

第一堂英语课，宋老师将一张偌大的字母表挂在黑板旁的墙壁上，虽然是手写的，但看起来一目了然。之后，他又在黑板上板书一遍，逐个逐个地教我们学。课堂纪律很糟，但他并不在意。下课时他却告诉我们："学好英语并不难，做好一个人却不容易。"看样子，他是一个慈祥的老头儿，并不是一个严厉的老师。

有一天上英语课，他发给我们每人一张白纸，要求我们按顺序默写26个英文字母的大小写。他说对此次测验成绩优异的学生，将给予特别的奖励。而后，他就若有所思地站在门前，眼望着门外出神。20分钟后，他似乎醒过神来，立即收上试卷，并很快阅完了所有试卷，然后拍拍手，轻松地宣布："很好！除了一个同学写错了3个字母外，其他同学都是100分。很高兴有这么多同学能得到奖励，但在奖励之前，我不得不警告这个学生——张小哲，请你站起来！"

张小哲一向是个沉默的男孩子，从未惹人注目。此时，他站了起来，两眼望着宋老师。宋老师对他说道："我实在想不通，这么简单的几个字母，全班同学都会，而独有你一个出差错，你说你惭不惭愧？"

张小哲默不做声。所有同学都幸灾乐祸地盯着他。

“你必须回答我！”宋老师一反之前的慈祥态度，透露出一种近似残酷的威严，“惭愧，还是不惭愧？”

“我不惭愧。”张小哲轻声地说，但他做好了挨批评的准备，脸绷得紧紧的。

“居然不惭愧，那么，你凭什么理由？难道大家错了而你一个人是对的？快说！什么理由？”宋老师近似歇斯底里地吼道，并一步步地向他逼近，脸上奇怪的表情令人捉摸不透。我们不再幸灾乐祸，心里都有些紧张地为张小哲捏一把汗。

“我有理由。但我绝对不说。”张小哲望着逼近自己的老师，眼里噙满了泪水，“老师，你不要逼我，我不会说的。如果你一定要逼我，我现在就离开学校。”他真的提起了书包。

沉默，短暂的沉默。我们看见宋老师朝张小哲走过去，双手放在张小哲的肩上，一改刚才的暴怒，温和地说道：“好吧，我不再逼你，请坐下吧。”

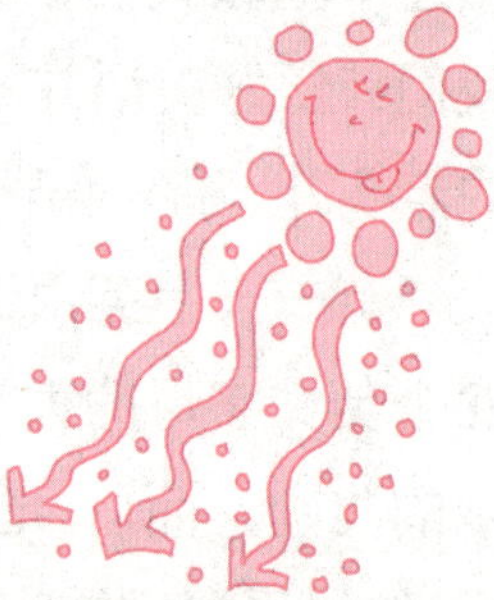

然后，他退回讲台，扫视着全班学生，语重心长地说：“第一天上课我就讲过，学好英语并不难，做好一个人却不容易。我并不急于知道你们的英语成绩，但很想知道你们的为人，所以才有今天的这个测验。请大家再次抬头仔细看看我身后的那张字母表——你们以为我忘记摘下的字母表，有一个不易察觉的错误，除张小哲外，你们全部照抄不‘误’。他虽然没有得到100分，但他是个诚实的人，所以，他感于说自己不惭愧。这种勇气非常难得，很少有人能在强大的逼迫下坚持真理、威武不屈的。请大家终生牢记：重要的不只是成绩，更要有品格。这，就是我要给你们的特别奖励！”

那一刻，全班54个同学有53个低下了头的，只有张小哲没有。

立志锦囊

当53个同学沉浸在“胜利”的喜悦中时，张小哲并未因考试“失利”而内疚。因为他才是考试中唯一的赢家。成功的标准是什么？是腰缠万贯、家世显赫，还是坚持真理、威武不屈？成功的经历固然值得大家羡慕，但成功者的品质，更值得我们学习。

文 王 艳

两块钱的“敲门砖”

文 马 田

两块钱折射出良好的素质和高尚的人品。而人品和素质有时比资历和经验更为重要。

一位刚毕业的女大学生到一家公司应聘财务会计工作，面试时即遭到拒绝，因为她太年轻，公司需要的是有丰富工作经验的资深会计人员。女大学生却没有气馁，一再坚持。她对主考官说：“请再给我一次机会，让我参加完笔试。”主考官拗不过她，答应了她的请求。结果，她通过了笔试，由人事经理亲自复试。

人事经理对这位女大学生颇有好感，因她的笔试成绩最好，不过，女孩的话让经理有些失望，她说自己没工作过，唯一的经验是在学校掌管过学生会财务。找一个没有工作经验的人做财务会计不是他们的预期，经理决定收兵：“今天就到这里，如有消息我会打电话通知你。”女孩从座位上站起来，向经理点点头，从口袋里掏出两块钱双手递给经理:“不管是否录取,都请给我打个电话。”经理一下子呆住了。不过他很快回过神来,问:“你怎么知道我不给没有录用的人打电话?”“您刚才说有消息就打,那言下之意就是没录取就不打了。”

经理对这个年轻女孩产生了浓厚的兴趣,问:“如果你没被录用,我打电话,你想知道些什么呢?”“请告诉我,在什么地方不能达到你们的要求,我在哪方面不够好,我好改进。”“那两块钱……”女孩微笑道:“给没有被录用的人打电话不属于公司的正常开支,所以由我付电话费,请您一定打。”经理也微笑道:“请你把两块钱收回,我不会打电话了,我现在就通知你,你被录用了。”

就这样,女孩用两块钱敲开了机遇的大门。细想起来,其实道理很清楚:一开始便被拒绝,女孩仍要求参加笔试,说明她有坚毅的品格,财务是十分繁杂的工作,没有足够的耐心和毅力是不可能做好的。她能坦言自己没有工作经验,显示了一种诚信,这对财务工作尤为重要。即使不被录取,也希望能得到别人的评价,说明她有直面不足和敢于承担责任的勇气。员工不可能把每项工作都做得十分完美,我们可以接受失误,却不能接受员工自满不前。女孩自掏电话费,反映出她公私分明的良好品德,这更是财务工作不可或缺的。

两块钱折射出良好的素质和高尚的人品。而人品和素质有时比资历和经验更为重要。

立志锦囊

有句话说得好:“人品是最高的学历。”当今社会竞争激烈,对人才的要求越来越高。在能力与品质的较量中,品质往往占据上风。刚毕业的女大学生在竞争中脱颖而出,靠的就是诚实、坚毅、勇敢的优良品德。学做事先做人,唯有在人格的学府里,炼就金石般的灵魂,才能在竞争中立于不败之地!

文 王 艳